KB136865

이 결혼축하 시집을 읽으시고
삶의 활력과 행복이 넘치시길
진심으로 기원드리오며,

님께
_____

삼가, 이 책을 선물드립니다.
감사합니다!!

년   월   일

드림(Dream)

생활시인의 생활시 2

은민 유승열

제 아들 며느리의
결혼을 축하해 주셔서 감사합니다.

생활시인의 생활시 2

초판1쇄 인쇄 l 2018년 10월 9일
초판1쇄 발행 l 2018년 10월 9일

아들 : 유지형, 며느리 : 문방울
2017년 10월 22일 결혼식
2017년 11월 25일 결혼축하연 기념으로
부족한 아버지 유승열

펴낸곳 l 세종실용대학출판사
주 소 l 경기도 용인시 처인구 남사면 봉무로 1
전 화 l 031-321-0223
핸드폰 l 010-4058-7935
E - mail l deutbom@naver.com
지은이 l 은민 유승열
제작 및 편집 l 도서출판 그림책
표지디자인 l 토마토

생활시인의 생활시 2

제 아들 며느리의
결혼을 축하해 주셔서 감사합니다.

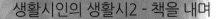

생활시인의 생활시2 - 책을 내며

이 달 11월 25일 고향에서
아들, 며느리 결혼 축하연으로
인사를 드리도록 준비하면서,

고맙고 미안한 마음에
이 책을 서둘러 내어
아들, 며느리와 하객분들께
선물을 드리는 겁니다.

생활시1과 자연시에 이어
3번째 책입니다.

지난 10월 22일 아들 결혼 때,
저는 1원 한 푼 보태지 않았으며,

형제의 난으로 가세가 기울어
인근에 위치한 땅 1,200평 하나 남았는데,
그 땅을 좋은 일에 기부하려고
법무법인 동천(용인, 010 - 8913 - 1721)
김용숙 소장님께 상담, 의뢰했습니다.

아버님 유근영 님, 어머님 이숙훈 님께
물려받은 많은 재산 중에 남은 단 하나를
그분들의 자손 유지형과 문방울이
받지 않고 기증하도록 동의해서
조부모님과 조상님들의 명예를
지켜드리게 됨을 다행으로 여깁니다.

조상님께 물려받은 재산은
나만의 것은 아니기에

사회환원하는 것인데,
아들, 며느리가 동참해 줘서
대단히 고맙고 감사한 마음입니다.

앞으로, 제가 직접 땀흘려 번 돈과
글을 쓰고 책을 낸 수입 중에서
틈틈이 며느리 용돈을 보내어
아들에게 감사를 표하겠습니다.

하오니, 독자분들께서 어디 선물하실 때,
제 책을 한 두 권씩 선물해 주셔서
저를 좀 도와 주시기를 부탁드립니다.

전화 010 - 4058 - 7935로
전화나 문자를 주시면
직접 전해 드리거나
택배로 보내드리겠습니다.

농협 유승열
235051 - 56 - 097881로
책값을 송금하시고 연락 주시면
감사한 마음으로 보답드리겠습니다.

이제, 14년 정도 남은 여생
열심히 살겠습니다.

대단히 감사합니다!!
2017년 11월 25일
아들, 며느리 결혼 축하연을 축하하며,
소중한 분들을 축복하며, 유승열 아룀.

생활시인의 생활시 2

생활시인의 생활시 2

돈만 버는 게 아니다

돈을 버는 게
돈만 버는 게 아니다.

남의 돈을 벌려면
콧속에 든 피가 익어야 한다고
돌아가신 어머님이 가르쳐 주셨다.

먹고 살려고 돈을 벌다 보면
때로는 체면도 자존심도 버리고
눈물 묻은 빵을 먹게도 되는 것이다.

돈 벌기가 힘들기 때문에
돈 벌기 위해서 애쓰고 공들이다가
변화, 발전하고, 성장, 성숙하게 된다.

돈을 버는 게 돈만 버는 게 아니다.
인격을 수련하고 수양하는 기회이고,
체력과 인내심을 단련시킬 찬스다.

돈버는 일을 통해서
자기 자신의 계발과 발전을 도모하고,
전인격적으로 수양하고 수련하자.

꿩 먹고 알 먹고,
마당 쓸고 동전 줍고,

도랑 치고 가재 잡고,
님도 보고 뽕도 따고,
누이 좋고 매부 좋고,
일석이조 일석삼조!!^^

2015년 8월 19일, 은민.

맘집을 살찌우자

땅집을 짓고
몸집을 가꾸면서도
맘집은 있는지도 모르고
정리정돈도 하지 않는다

쓸고 닦고
기름치고 조이자는
자동차공업사 표어처럼
마음도 수련하자

집 짓고 평수 늘리고
돈 벌고 통장 숫자 늘리느라고
내 생명의 밧데리가 시나브로
닳는 줄도 모르고 죽어간다

죽어가는 건
사는 것하고는 다르다
삶은 황홀지경의 환희가 있지만
죽어가는 것은 희열이 없다

기쁨과 행복이 있어야
사람 사는 맛이 있고
삶의 평화와 의미가 있어야
사람 사는 멋이 있다

땅집, 몸집 불리기 그만하고
땅따먹기 놀이 정리하고
있는 것만 잘 정돈하면서
맘집을 살찌우자

정리정돈에서
정리는 안 쓰는 것을 보내는 것이고
정돈은 쓸 것을 효율적으로 배치하는
효과적인 삶의 요령이요, 비법이다

맘집을 짓고
맘집을 잘 세우고
마음의 집을 잘 가꿔서
맘집을 살찌우자

2017년 6월 4일
집 짓고 돈 버느라 분주한
많은 사람들을 보며 살다가,
물고기도 살찐다는 용인 어비리
아워홈 지수원 지혜의 정원을 보고서
감명받은 마음으로, 은민 유승열.

과제분리의 법칙이 답이다

애착
집착
고착

퇴근길
직장 동료에게 들은
부부갈등 사연의 핵심 단어다

애정이 지나치면 애착이 되고
애착이 오염되면 집착이 되고
집착이 고착되면 고질병이 된다

시샘은 편두통 고충이고
질투는 전염병 고역이고
투기는 지옥불 고통이다

밥을 대신 먹을 수 없듯이
네 일과 내 일이 따로 있다는
아들러의 과제분리의 법칙이 답이다

나는 나의 삶을 책임지고 살고
너는 너의 삶을 책임지고 살면 될 뿐
남을 간섭하거나 질투할 필요가 없다

소유하려고 하지 말자

구속하려고 하지 말자
간섭하려고 하지 말자

행복도 고통도 서로의 몫이 다르니까
나는 내 일과 내 감정에 충실하자
과제분리의 법칙이 답이다

2017년 2월 10일, 은민.

세상살이란

세상살이란
세간의 배를 타고
세파의 시련을 겪으며
세풍에 돛을 달고 항행하다가
세상 끝에 닻을 내리는 것이다

2016년 5월 30일 점심에
경비근무를 서면서, 은민
*
세간: 사람들이 살아가는 곳,
집안 살림살이에 쓰는 온갖 물건.
항행(航行) : 배나 비행기가 항로를 따라 나아감.

일 자체를 즐기고 누리자

"돈을 벌어서 좋기보다는,
아침에 할 일이 있다는 게 기뻐!!"

음식사업 연구 견학차
담양 승일식당에 다녀왔을 때,
은인께서 해주신 귀한 말씀이다.

'돈을 버는 게 목표는 될지언정,
돈을 버는 게 목적이 될 수는 없다.'
'무엇을 얻기 위해 일하지 말라.'
깨달은 사람들의 주장이다.

플럼빌리지의 틱낫한 스님은
'설거지하기 위해서 설거지하고,
요리하기 위해서 요리하라.'고 했다.
'깨끗한 그릇을 얻기 위해 설거지하지 말고,
먹기 위해 요리하지 말라.'고 했다.

일 자체가 삶의 내용이 되고,
일 자체가 수련의 과정이 되고,
일하는 기쁨과 행복이 목적이 되고,
일, 사랑, 보람이 하나되는 게 목적이다.

"아침에 할 일이 있다는 게 기쁘다!!"며,
일하는 게 좋아 콧노래 부르도록 살자.

매일 아침 설레는 마음으로 일어나서,
스스로를 즐기며 신명나게 일하자.

세상이 돈과 권세의 무기를 휘두르고
목표와 성공과 소유로써 유혹해도,
흔들리지 말고 느긋하게 웃으면서,
일 자체를 즐기고, 일 자체를 누리자.

2015년 3월 15일 화창한 봄날,
장사장, 황여사님, 처형님, 아내와
봄나들이 겸 음식점 견학 차원에서
담양 승일식당에 다녀온 후, 은민.

오리발

평화롭게 떠다니는 오리는
물 속의 오리발을 끊임없이 젓는다.

평안하게 일하는 사람들도
이면의 노력과 준비를 많이 한다.

우리 어머님과 은인께서는
더운 낮에는 한가롭게 쉬시지만,
새벽에 많은 일을 하고, 더울 때는 쉬셨다.

공부 잘하는 사람들보다는
숙제 잘하는 사람이 더 잘산다고 했다.
책임성 있게 성실해야지 잘살 수 있다.

물 속의 부지런한 오리발처럼,
보이지 않는 곳에서도 부지런하여서,
풍성하게 열매를 맺도록 열심히 살자.

2015년 3월 25일 아침에, 모자람
반성.

수면기상능력을 키우자

생활능력과 위기관리능력은
수면기상능력에서 시작된다.

수면기상능력은 체력관리와
시간관리능력에서 시작된다.

식생활과 정신건강관리에도,
영성생활관리에도 신경쓰자.

수면기상능력이 생활력이다.
기상능력이 위기관리력이다.

공복, 베개, 숙면, 기상, 규칙!
평소수면기상능력을 키우자.

2015년 3월 28일 이른 새벽,

성실한 일상이 행복의 비결이다

소소한 일상과 평범한 밥벌이 일이
매일 행복의 비결이라고 할 수 있다.

폼나게 이것 저것 누리고 싶었지만,
철이 들면 이상과 현실이 구별된다.

두 마리 토끼를 쫓다가 포기하고,
한 마리 행복을 좇는 게 현실적이다.

직장생활을 하다가 쫓겨나는 것이
제발로 걸어나오는 것보다는 낫다.

끝까지 해보려고 붙잡는 근성이
쉽게 포기하고 도피하는 것보다 낫다.

상처받지 않으려고 적당히 타협하면,
평생토록 비겁한 도망자로 죽게 된다.

용감하고 성실하게 일을 하다 보면,
어느덧 행복한 자신을 발견하게 된다.

'사람은 돈으로 사는 게 아니고,
일로 사는 것'이란 훌륭한 신념이 있다.

행복이란 그리 거창한데 있지 않다.
성실한 일상에서 꽃피고 열매 맺는다.

네잎클로버 행운이 있기에 앞서서,
세 잎새의 사랑, 희망, 행복이 먼저다.

2015년 4월 28일 클로버와 이야기 후.

*
네잎클로버의 첫째 잎새를 사랑으로,
둘째 잎새는 희망, 셋째 잎새는 행복으로,
그리고 넷째 잎새를 행운으로 보기도 함.

화초에 물주기

1.
화분의 화초에 물을 주면,
꽃이 피어 향기를 발한다.

아름다운 꽃을 보니 좋고,
신비로운 향기도 참 좋다.

푸르른 잎새도 싱그럽고,
탐스러운 열매도 참 좋다.

2.
사람들에게도 물을 준다.
칭찬과 격려와 응원이다.

지지해 주고 칭찬을 하면,
고래도 춤을 춘다고 했다.

글쓰는 분들의 글을 보면,
좋은 점만 보고 칭찬하자.

3.
화초에 독극물을 주거나,
소금을 뿌리지는 않는다.

너나 잘하세요라고 했다.
남을 너무 비판하지 말자.

글의 장점만 보고 평하고,
잘한 부분만 응원해 주자.

4.
화분 화초에 물을 안주면,
얼마 못가 말라서 죽는다.

사람을 비난하고 욕하면,
오래지 않아서 망가진다.

나름대로 정성껏 쓴 글을
내 글로 여기고 칭찬하자.

5.
남을 비난하는 속 마음엔
내 안의 상처가 숨어있다.

마음의 상처를 치유하고,
부정적인 성향을 버리자.

긍정의 미덕을 적용해서,
관용하는 인정으로 살자.

2015년 7월 22일 오후에,
올라온 글들을 보며, 은민.

너무 열심히 일하지 말자

'너무 열심히 일하지 마'

오늘 첫출근하는 고향 후배에게
내가 해준 첫마디 조언이다.

아침에 비가 와서
동생이 오토바이로 출근하기 힘들까봐
내 출근 길에 태워다 줬다.

'너무 열심히 일하지 마'

'너무 열심히 일하면 금방 지쳐서
오래 다닐 수가 없어.'

'적당껏 하고
직장 상사에게 친절하게 인사 잘 해.
그러면 다 잘 될 거야.'

그렇다.
즐겁게 재미를 들여야 좋다.

열심히 하는 사람보다
좋아하는 사람이 낫고,
좋아하는 사람보다
즐기는 사람이 낫다고 했다.

억지로 열심히 하다가 그만두기 보다는
천천히 즐기면서 오래 하는 게 더 낫다.

진관 아우가
여유있게 즐기면서
직장생활을 행복하게 잘할 것을 믿는다.

2015년 8월 25일 아침 바람에, 은민.

꼭두새벽에

꼭두새벽
날도 새기 전에
신문 넣는 소리가 들렸다.

입추가
나흘 지났다고
기온이 제법 선선하다.

지난 며칠 밤엔
그렇게도 무더웠는데
어느새 밤부터 가을이 온다.

일어나서
기지개를 켜고서
글벗님들 만날 채비를 한다.

새벽부터
글로 만난 밴친들이
어느새 정이 듬뿍 들었다.

행복한
오늘 하루도
밴친들과 함께 시작이다.

2015년 8월 11일 새벽, 은민.

새벽사랑

밤은 자꾸만 길어지고
새벽은 자꾸 늦어진다

시간 차이는 나더라도
새벽의 느낌은 똑같다

새벽은 항상 신선하고
새벽은 항상 신성하다

이 새벽을 사랑하느라
요즘 재미가 쏠쏠하다

새벽에 글을 써올리고
소통하고 공유를 한다

새벽사랑을 하는 만큼
사람이 아름다와 진다

새벽은 항상 신선하고
새벽은 항상 신성하다

2015. 9. 20 새벽은민

나팔꽃과 애기땅빈대풀을 보며

야생 보랏빛 나팔꽃이
마른 땅에 착 달라 붙어서
낮은 포복으로 기어가고 있다

더 아래서 포복하는 애기땅빈대풀이
우리 서민들의 고달픈 살림살이 모습과
너무 많이 닮은 것 같아서 애처롭다

살림살이라는 말은
살리는 살이라는 뜻이다
살리고 또 살리는 것을 의미한다

요즘, 우리 서민들에게는
살림살이가 살림살이가 아니다
살림살이가 아닌 죽임살이 같다

불평불만을 하자는 게 아니다
힘든 이웃들의 생활고를 알아차리고
동병상련하는 마음을 갖자는 것이다

땅에서 기어가는 애기땅빈대풀이
땅바닥에 엎드린 나팔꽃이랑 함께하니
그래도 동병상련하는 위로가 될 것이다

추석명절이 다가올 수록
지갑은 비고 통장은 마른다
속은 타고 마음은 무겁고 어두워진다

가난한 살림살이에 곤고해진
추석명절 서민들의 애환이지만
서로 돕고 격려한다면 살 만하다

격려는 귀로 먹는 보약이라고 했듯이
백짓장도 맞들면 낫다는 말이 있듯이
서로 상부상조 품앗이라도 하며 살자

땅바닥에서도 함께 하며 힘을 내는
가녀린 나팔꽃과 애기땅빈대풀 처럼
힘없고 가난한 사람들끼리 서로 돕자

배가 고프면 함께 들의 곡식을 보고
술이 고프면 함께 가을 바람을 마시고
마음이 고프면 함께 보름달을 바라보자

땅바닥의 나팔꽃과 애기땅빈대풀아
너희들도 이 번 추석 명절 잘 쇠고서
풍성한 마음으로 다시 만나보자꾸나

2015년 9월 21일, 해질녘에, 은민.

언행문일치하게 살자

언행문
말과 행동과 글이
일치해야 한다.

어느 글을 보면
그 사람의 언행과
다름을 느낄 때가 있다.

글과 언행이 다르면
그 글은 어디서 베껴와서
도용하는 것일지도 모른다.

자기 속에서 나온 글은
자기 삶에서 나온 글이라서
언행문이 일치할 수 밖에 없다.

남의 글을 훔쳐다가라도
잘난 척을 하려고 하지 말고
내면의 진솔한 것을 글로 쓰자.

나의 진솔한 글은 독생자요
천상천하유아독존이요
하나밖에 없는 유일한 글이다.

세상에 하나밖에 없는 나의 글에

세상에 한 명밖에 없는 나처럼
존엄한 유일성이 있는 것이다.

복사본으로 떠도는
베끼고 훔쳐온 글은
나와는 상관없는 남의 이야기다.

나는 나의 이야기를 진솔하게 쓰고
그 이야기대로 살고 있는지 자성하는
내 인격의 거울로 삼으면 된다.

성경과 불경은
영원한 법식과 도리를 담은 책이지만
나의 글은 내게 거울과 같은 경전이다.

남의 글도
내가 그 글처럼 살고 있으면
나의 거울 경전이 될 수 있다.

언행문일치는
삼위일체가 될 때
인향만리가 되는 것이다.

꽃향십리
술향백리
글향천리 인향만리다.

지행일치하게 살자.

언행문일치하게 쓰자.
언행문일치하게 살자.

2015년 10월 17일(토) 새벽 2시, 은민.
지행일치, 언행일치, 신행일치로 살자.

바꿀 수 없으면 불평하지 말자

얼마 전에 닭을 잡는데,
몰입하는 내 모습을 보고
토종닭집 주인 형님이 내게 물으셨다.

"닭 잡는 거 재미있어?"

"재미야 있겠어요?
재미를 들이는 거지요.
궁리하고 연구하면서
없던 재미도 붙이는 거지요." 했더니,

"그래, 맞어." 하셨다.

그래, 맞다.
재미를 들이는 거다.

피할 수 없으면 즐기라고 했다.

아내가 요양보호사로 일하는 집의
전기렌지가 불편하다고 불평을 했다.

나는 아내에게 물었다.
"그거 바꿀 수 있어요?" 물었더니,

바꿀 수 없다고 대답했다.

"바꿀 수 없으면, 불평하지 말아요.
피할 수 없으면 즐깁시다.
바꿀 수 없으면 생각을 바꾸면 되잖아요.
기왕이면, 좋은 생각을 선택합시다."
라고 했다.

두어 달 전 쯤에,
사실은 하나고 생각은 둘이라는
글을 써서 올린 적이 있다.

사실을 바꿀 수 없으면,
생각을 바꾸면 된다는 이야기다.

내가 아는 어느 분이
피할 수 없으면 즐기자고 하다가
피하고 떠나가셨다.

기다리는 중이다.

아무튼,
피할 수 없으면 즐기고,
바꿀 수 없으면 불평하지 말자.

나는
"재미를 들이는 거지,
없던 재미도 붙이는 거지."

나는 거지다.
도적맞을 게 없다.
새털처럼, 가벼운 마음으로 산다.

높이 나는 새가 멀리 보고,
일찍 일어나는 비둘기가
좋은 콩을 많이 먹는다.

나와 우리 아들 지형이는
새벽 일찍 일어난다.
우리 부자는 부자다.

오늘 하루도
설레는 마음으로 일어나서
날으는 새처럼 신명나게 살아보자.

2015년 10월 17일(토) 새벽, 은민.

일과 위기와 역경의 과정을 즐기자

1.
내게 위기가 없었다면
내 맘은 평안했겠지만
게으르고 나태해졌을 것이다.

내게 역경이 없었다면
내 몸은 편안했겠지만
무능하고 안이해졌을 것이다.

위기를 극복한 만큼 내가 좋고
역경을 헤쳐온 만큼 내가 자랑스럽고
일을 한 만큼 나는 내가 사랑스럽다.

2.
위기와 역경은
생명력을 일으켜주고
삶의 의욕과 활력을 불어넣어준다.

청어 수족관의 물메기나
미꾸라지 양어장의 메기처럼
역경은 역동적인 삶의 촉진제가 된다.

삶의 위기와 역경의 순기능을 알기에
위기가 닥쳐오고 역경이 들이쳐도
그냥 먼저 감사하는 마음을 품는다.

3.
위기의 고봉과 역경의 준령이
등산하는 사람들에게는 매력이다.
등산하듯이 위기와 역경을 즐기자.

삶은 과정이다.
결과는 한 순간이다.
과정, 과정을 즐기는 게 알차다.

힘든 오전 알바를 하지 않는 날은
오히려 몸이 가라앉고 맘이 칙칙하다.
일과 위기와 역경의 과정을 즐기자.

2015년 10월 19일 01시에,
지난했던 지난 세월의 고생들을
감사하는 맘으로 추억하며, 은민.

행복하게 일하면 천국이다

일을 하면서
언제 끝나나 조급하고 불행하면
그 결과와는 아무 상관없이
그 일은 실패한 일이고
실패한 인생이다.

놀이가 변화하여 일이 되고
일이 변질하면 노동이 되고
노동이 타락하면 악업이 된다.

억지로 하는 일은
수단으로 변질된 모습이다.

일을 할 때는 몰입해서 해야 한다.
일을 할 때는 재미들여서 해야 한다.

일은 할 때는
어떻게 하면 더 안전한지 연구하고
어떻게 하면 더 효율적인지 궁리하고
어떻게 하면 더 좋은지 집중해야 한다.

일은 살기 위한 수단이 아니다.
생명도 일이고, 삶도 일이다.
일은 살아있음의 생명활동이다.

태어나는 일, 죽는 일
시작하는 일, 마치는 일
일어나는 일, 잠 자는 일
밥 먹는 일, 배설하는 일
사랑하는 일, 미워하는 일
논 일, 밭 일, 직장 일, 나랏일
가르치는 일, 배우는 일
모으는 일, 나누는 일
운동하는 일, 노는 일……
일하는 만큼이 사는 거다.

일하는 게 즐거운가?
나는 오늘 친구네 논에서
짚단을 나르고 짚가리를 쌓는 일이
참 즐겁고 재미있고 행복했다.
물론, 절친 친구네 일이라서
더 재미있고 의미가 있었다.

일하는 마음자세는
천국과 지옥에 가는 차표다.

불행하게 일하면 지옥이고
행복하게 일하면 천국이다.

2015년 11월 5일,
용인 남사 방아리 들녘에서, 은민.

꿈 속의 십계명

인격수양은 은은하게
자기계발은 꾸준하게
가정생활은 행복하게
신앙생활은 평화롭게
직장생활은 착실하게
취미생활은 재미있게
노후대비는 튼실하게
인간관계는 진실하게
이웃사랑은 은근하게
사회생활은 올바르게

2015년 11월 12일,
새벽 꿈 속에서 쓰던
[꿈 속의 십계명].
꿈 속에서 썼던 내용을
약간 잊었음. 은민.

긍정적인 삶을 삽시다

아들 지형이 생일이 5월 5일이어서
저는 새벽 5시 5분이나 55분에
글이나 사진을 거의 매일 보냅니다

오늘도 새벽 5시 55분에
글과 사진을 보냈더니
아들 지형이에게 답글이 왔습니다

"좋은 아침입니다^^
좋은 글 감사합니다^^
좋은 하루 되세요"

아들의 좋은 글을 받고서
저도 좋은 글로 화답을 했습니다

"좋은 사람 지형이는 모든 게 다 좋구나^^
참 좋다!!"

구약성경 창세기 1장
마지막 절(31절)에 보니까
"하나님이 그 지으신 모든 것을 보시니
보시기에 심히 좋았더라"고
"모든 것을 보시니 보시기에
심히 좋았더라"고 기록되어 있습니다

기다림의 미학으로 살자

기다림은 동양화 여백의 미다
기다림은 기다림으로 아름답다

기다림은 서양화 충만의 미다
기다림은 기다림으로 풍요롭다

기다림 없는 만남은
쉼표 없는 음악처럼 설익는다

기다림은 모든 것을 익혀주는
햇살이요, 바람이요, 사랑이다

기다림의 미학으로 살자
유유자적 여유롭고 얼마나 좋은가

2015년 12월 4일 새벽에,
다애님의 글을 읽고, 은민

일어나 움직이자

오늘따라
파란 잎새가 애처롭다

오늘따라
빨간 꽃잎이 안스럽다

쌀쌀한 겨울 날씨에
살아있는 모든 것이 애처로와 보인다

동짓날 차가운 바람에
죽어가는 모든 것이 쓸쓸하게 보인다

눈을 다시 제대로 뜨고 보니
모든 것이 소중하게 느껴졌다

존재하는 모든 것이 의미있고
살아있는 모든 것이 소중했다

세상 모든 사람들의 일거수일투족이
새털처럼 의미가 있고 소중하다

수많은 새털이 모여서 날개가 되어
하늘을 날으는 것처럼 모든 게 소중하다

일하는 기쁨도 소중하고

잠시 우울한 마음의 슬럼프도 소중하다

나에게 주어진 모든 것이 소중하고
나에게 일어나는 모든 일이 의미있다

우리에게 주어진 모든 것이 소중하고
우리에게 주어진 모든 일이 의미있다

움직이지 않는 시간은
자칫 죽은 시간이 되기 쉽다

잠시 우울함에 빠졌더라도
이제 훌훌 털고 일어나서 움직이자

억척스럽게 사셨던 우리의 어머니처럼
미소지으며 벌떡 일어나서 움직이자

나는 이 글을 만리향 이덕재 친구와
나 자신과 소중한 사람들을 위해 씁니다

2015년 12월 22일 아침에, 은민이

성탄절 이브날

잠에서 깨자마자
웃으며 벌떡 일어나
소일하는 게 중요하다

미소짓고 일어나는 게 소일이고
어떤 일엔가 마음과 재미를 붙여
일을 하며 세월을 보내는 게 소일이다

사명감을 가지고 소일하는 것도 좋고
세월을 보내기 위한 소일거리로
뭔가 취미로 하는 것도 좋은 일이다

일 없이 세월을 낭비한다면
사는 게 아니라 죽어 가는 것이다
세월을 보내는 게 아니고 죽이는 것이다

소일하지 않으면 죽은 목숨이고
소일거리가 없으면 불쌍한 사람이다
시간을 쓰는 게 아니고 썩이는 것이다

가풍이나 자녀교육도
소일하는 모범을 보여야 하고
소일하는 습관을 몸에 배게 해야 한다

잠에서 깨자마자 웃으며 벌떡 일어나

기지개를 켜고 세수를 하고 밥을 먹고
소일하여 생산하고 소일거리로 즐기자

메리 크리스마스도 좋지만
매일 메리 즐거운 크리스마스로 살자
매일매일 소소한 일상 중에 소일하자

일 년에 한 번 뿐인 생일도 좋지만
매일 새롭게 태어나는 마음가짐으로
매일매일 신명나게 사는 게 더 중요하다

잠에서 깨자마자 웃으며 벌떡 일어나
기지개를 켜고 세수를 하고 밥을 먹고
소일하여 생산하고 소일거리로 즐기자

2015년 12월 24일 성탄절 이브날, 은민

마늘로 양파, 쪽파, 대파를 통합하자

우리 마을 이장 선거에서
60 대 61로 당락 승부가 엇갈렸다

이어서, 사달이 났다
쪽파와 대파 간에 싸움이 났다

여당과 야당의 내분처럼
양파, 쪽파, 대파, 실파로 다툰다

쪽 팔리고 면목이 없어서
면목동이 사라질지도 모르겠다

이제 우리 다시
단군조선 배달의 민족으로 가자

홍익인간의 이념으로써
널리 인간을 이롭게 하자

웅녀가 먹었던 마늘로써
양파, 쪽파, 대파, 실파를 통합하자

요리할 땐 파가 필요하겠지만
평화로운 모임엔 파가 필요 없다

싸우고 찢어진다면

당사자들과 공동체만 손해 본다

이제 다시 심기일전해서
마을을 화목하게 회복시켜 보자

고향 마을 사람들이 화합하여
아름답고 평화로운 동네로 일궈 보자

웅녀가 먹었던 마늘의 정신으로
양파, 쪽파, 대파를 통합하자

2016년 1월 15일 밤에
마을 비상대책회의에 다녀와서, 은민

*
마을분들께 삼가 아룁니다.

어느 한 두 사람만의 과제가 아닙니다.
마을에 형성된 파벌을 종식시켜야 하고,
비빔밥처럼 조화를 이뤄야 하겠습니다.

최대다수 최대이익이라는 공리주의는
사람이 할 수 있는 효율성의 극대화로서
대승적인 목표의식을 지향하는 겁니다.

마음까지도 화합을 하면 더 좋겠지만,
모두가 손해보는 안타까운 분쟁만은
어떻게 하든지 피하자는 말씀입니다.

철천지 원수도 아니고, 적도 아닙니다.
한 걸음씩 양보하는 마음 가짐을 갖고
엉킨 실타래를 풀어가도록 하시자구요.

웃음으로 감사를 아름답게 하자

미소의 뿌리는 믿음이고
웃음의 줄기는 감사다

믿으면 미소가 생기고
감사하면 웃음이 나온다

감사하는 마음으로 미소지으면
믿음의 꽃이 피어 향기가 난다

감사하는 심정으로 웃으며
믿음의 열매가 탐스럽게 맺는다

믿음과 감사와 미소와 웃음은
뿌리 줄기, 가지 잎새, 꽃과 열매다

미소로 믿음을 향기롭게 하고
웃음으로 감사를 탐스럽게 하자

밝고 맑고 화사하게 웃자
웃음으로 감사를 아름답게 하자

2016년 2월 5일, 밝은 햇살 아래 은민

아름답게 변화하자

변화는 있으나
변함은 없다

밴드 리더님의
프로필 명언이다

변화 발전하지만
변질하지 않는다

변화 성숙하지만
변심하지 않는다

좋든지 나쁘든지
끊임없이 변한다

변한다는 사실만
변하지 않는다

기왕에 변할 거면
좋게 변화하자

변덕부리지 말고
멋지게 변화하자

변질하지 말고

아름답게 변화하자

2016년 2월 7일
새벽 3시 경에, 은민

나는 밤경비 스타일

싸이는 강남 스타일
나는 밤경비 스타일

조용히 독서를 하고
즐겁게 글을 적는다

야간 실내 경비석은
일거양득 좋은 자리

잠도 안일도 줄이고
깨어 있어서 최고다

싸이는 강남 스타일
나는 밤경비 스타일

2016년 2월 11일 새벽, 은민

가능하면 잠을 줄이자

잠을 안 잘 수 있을 때
버티면서 뭔가를 한다

잠든 시간이 아까워서
요령껏 더 깨어 있는다

글을 쓰거나 책을 읽고
유익한 무언가를 한다

죽으면 썩을 몸이라니
아끼지 않고 활동한다

성장기 청소년들이나
병약자들은 불가하다

앉아 일하는 사무자나
수강생들은 곤란하다

늙어가는 사람들이나
건강한 사람에게 좋다

가능한한 잠을 줄이고
가치있는 활동을 하자

밤 12시부터 다섯 시간

잠을 자도 된다고 했다

나는 더 버티고 앉아서
경비 근무를 계속한다

오늘 이대로 잘된다면
밤을 샐지도 모르겠다

근무도 서고 글도 쓰고
일거양득 일거다득이다

누이 좋고 매부 좋고
서로 좋은 방법론이다

잠을 안 잘 수 있을 때
버티면서 뭔가를 하자

신나게 글을 쓰다 보면
잠이 십리는 쫓겨간다

죽으면 싫컷 잘테니까
가능하면 잠을 줄이자

2016년 2월 15일 02시
야간경비 근무 중에, 은민

스마트폰 실력을 키우자

내가 덕을 본
특별한 3가지가 있다

내비게이션과
밴드와 스마트폰이다

길치, 길맹이라서
내비게이션 덕을 톡톡히 봤다

내비게이션 없이는
나는 외지 운전을 아예 못한다

소지하기 좋은
스마트폰 덕택에 글을 많이 썼다

스마트폰 덕분에
공유하기도 참 편리했다

밴드나 페이스북이
나의 글쓰기에 날개를 달아줬다

밴드를 통해서
글을 쓰고 나누는 기적을 맛본다

이 3가지의 공통점은

컴퓨터를 활용한다는 것이다

스마트폰이라는 것은
휴대폰과 컴퓨터를 합한 것이다

그 특징은
고성능 소형 컴퓨터다

앞으로 머지않아
몇 억짜리 스마트폰이 나온다

세월이 더 가면
극첨단 스마트폰도 나온다

첨단 스마트폰은
비서실과 같은 역할을 한다

스마트폰이
모든 생활을 관리하는 날이 온다

이름하여
만능 스마트폰 시대다

도태당하지 않으려면
스마트폰 사용 실력을 키우자

문명의 이기로 행복하려면
스마트폰 실력을 키우자

2016년 2월 16일 밤에
뉴 파워 프라즈마에서
야간경비를 서며, 은민

어머님처럼 살리라

어제 새벽
5시부터 7시까지
2시간 동안 눈을 치웠다

부지런히 했더니
손이 벌벌 떨리고
허리도 뻑적지근 했었다

오늘까지도
허리가 뻐근한 걸 보면
열심히 일했나보다

어머님이 생전에
죽으면 썩을 몸
아끼면 뭐하냐고 하셨다

이제, 그 말씀이
피부에 닿듯이 절감되고
어머님을 따라 산다

막내로서
부모님 말년을 모신 건
큰 행운이요, 행복이었다

지금은

불러도 대답이 없으신
아버님, 어머님

살아계실 때
살갑게 잘 해드리는 게
살뜰한 효도다

살림살이 알뜰히 하고
부모봉양 살뜰히 하면
내 마음이 참 흐뭇하다

남은 인생살이도
우리 어머님을 본받아서
억척스럽게 살리라

2016년 2월 17일 새벽에
평택시 서탄면 수월암리
뉴 파워 프라즈마 회사에서
야간경비 중에, 은민이

출근 길의 청지기론

출근을 하면서
직장생활을 어떤 자세로 해야 할까
곰곰히 생각해봤다

한 마디로 하면
주인의식을 가지고
직장생활을 해야 할 것이다

주인의식을 갖는 것은
주인행세를 하는 것도 아니고
주인노릇을 하는 것도 아니다

머슴은 근로계약대로 하면 된다
노예는 주인의식 없이 피동적이다
종은 머슴도 아니고 노예도 아니다

머슴은 평등한 인권관계다
노예는 주인의 소유재산이다
종은 인권이 있는 소속자다

종은 노예처럼 피동적일 수도 있고
머슴처럼 조건부로 일할 수도 있고
주인의식을 가지고 일한 수도 있다

그래서, 하나님의 일꾼을 종이라고 하고

목회자들을 하나님의 종이라고 부르며
주인의식을 가지고 일하라고 한다

주인의 모든 것을 맡아서 관리하는
창세기에 나오는 아브라함의 종
엘리에셀이 그 대표적인 사람이다

수처위주 입처개진이라는 말이 있다
있는 곳에서 주인의식을 가지고 살면
그 곳이 바로 진리의 곳이 된다는 것이다

그래서, 나는 야간경비 근무를 설 때
한 잠도 자지 않고 근무를 설 때가 많고
바른 자세로 경비근무를 서는 것이다

나는 아브라함의 종 엘리에셀처럼
임제선사의 수처위주 입처개진처럼
주인의식을 가진 종처럼 일하겠다

맡겨진 것을 주인처럼 아끼고
맡겨진 일을 주인처럼 하겠다
출근 길의 청지기론이다

2016년 2월 21일, 새벽사랑 은민

젊은 마음으로 살자

젊어서는
하고 싶은 것을 하고 싶어 한다

나이 들면
하고 싶은 것보다 할 수 있는 것을 한다

젊어서는 꿈을 먹고 살고
나이 들면 현실을 먹고 산다

꿈과 현실 중에
어느 것이 더 좋으냐 하는 우열은 없다

나이가 들어감에 따라서
꿈에서 현실로 옮겨갈 뿐이다

꿈에서 현실로 전환되어 가는 것은
만유인력처럼 거역하기 힘든 운명이다

하지만, 비행기가 하늘로 날아 오르듯이
늙어서도 꿈을 꾸며 살 수 있다

연어가 폭포수를 거슬러 오르듯이
늙는 마음을 거슬러 오를 수 있다

젊음의 실제 내용인

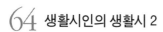

열정과 정열의 영법을 펼치면 된다

연어가 물길을 거슬러 헤엄쳐 오르듯이
젊은 마음으로 도전하며 사는 게 젊음이다

젊고 늙음은 나이가 아니고 마음이다
젊은 열정을 품고 정열적으로 도전하자

젊은 이들처럼 꿈을 꾸고 신명나게 살자
젊은 마음으로 하고 싶은 것을 하고 살자

2016년 2월 22일 22시 경에, 은민

도시락이 기대된다

나는 내가
도시락을 싼다

밥을 먹으면서
도시락을 싼다

그날의 입맛에
맞는 반찬을 싸고

조금 남은 반찬을
되도록 비워준다

반찬의 양도
알맞게 정한다

도시락을 싸니까
서로 서로 좋다

오늘 도시락의 하루가
즐겁게 기대가 된다

오늘은 도시락을
네 개나 싼다

도시락의 락은

즐거울 락이다

도시의 락이
기대가 된다

즐거운 하루의
도시 락이 기대된다

즐거운 새벽이다
즐거운 아침이 온다

즐거운 하루의 시작이다
도시 락이 기대된다

2016년 3월 6일
경비근무 출근준비로
즐거운 새벽에, 은민이

*
어느 분과의 카톡 대화입니다.

1
샘, 도시락도 직접 싸십니까?
2
도시락을 먹을 사람이 싸면
얼마나 좋은 점이 많은 데요^^

1
아예, 가정주부 하세요^^

2
주어지는 기회라면
소백정도 감사함으로 합니다.
소백정이 정형사인데요,
포정해우라는 분은 입신의
경지에 도달하셨다고 합니다.
저는 지난 4월부터 7개월간
포정해계를 해봤습니다.^^

나는 자랑스런 '한당'이다

어젯밤 1시에 일어나서
지금까지 29시간을 근무했더니
두 발이 퉁퉁 부었다

회사 화장실로 가서
뜨거운 물을 받아 놓고
발을 담그니 시원하니 좋았다

발을 어루만져 닦으면서
"발아, 고맙다!! 미안하구나!!" 하며
발을 깨끗이 닦아 줬더니 행복했다

발의 모양을 보니
아버님의 모양도 있고
어머님의 모습도 담겨 있었다

어머님은 참
억척스럽게 살으셨다
내 발이 어머님을 닮았으면 한다

열심히 살고 싶다는 말이다
아버님, 어머님의 은공으로 내가 있고
은인의 은총으로 오늘의 내가 있다

내가 땀흘려

열심히 사는 것만이
그 은공을 갚는 길이다

나는
어제도 오늘도 내일도
땀흘려 살련다

땀 흘리지 않는 '불한당'이 아니고
땀 흘려 열심히 일하는 '한당'이다
나는 자랑스러운 '한당'이다

요즘, 이 당, 저 당 창피한데
우리 모두 '한당'에 입당해서
땀 흘려 일해서 떳떳하게 살아 보자

땀 흘리지 않는 '불한당'이 아니고
땀 흘려 열심히 일하는 '한당'이다
나는 자랑스러운 '한당'이다

2016년 3월 13일, 새벽 경비근무 중에, 은민
*
불한당 :
아니 불, 땀 한, 패거리 당
땀흘려 일하지 않고 빈둥빈둥 노는
패거리들을 불한당이라고 욕한다.

천상병씨의 귀천을 노래로 듣고서

순수 시인 천상병씨의 귀천을
멋들어지게 불러 제낀다는 장사익씨
노래를 들으려니 박수 소리가 풍성하다

공연장에 울려 퍼지는 박수 소리랑
함석지붕에 떨어지는 소나기 소리랑
어쩜 그리 닮았는지 짜릿한 전율이 왔다

부족한 인생살이 잘 살았다고
소나기가 내려와서 우뢰와 같은 박수로
하늘의 응원을 전해주는 것 같이 좋았다

덩치 큰 고래도 칭찬하면 춤을 춘다는데
덩치 작은 내게 하늘 소나기 사신이 와서
상을 주고 격려를 해주니, 이 얼마나 좋은가

지난 한 달 동안에도 참 열심히 살았다
밤을 하얗게 샌 날이 보름 쯤 될 것이다
경비든, 깨어서 경성을 하든 열심히 하리라

"나 하늘로 돌아가리라
새벽빛 와 닿으면 스러지는
이슬 더불어 손에 손을 잡고

나 하늘로 돌아가리라

노을빛 함께 단 둘이서
기슭에서 놀다가 구름 손짓하면은

나 하늘로 돌아가리라
아름다운 이 세상 소풍 끝내는 날
가서 아름다웠더라고 말하리라"

천상병 시인의 시처럼 "귀천"할 때까지
아름다운 세상 소풍의 고삐를 놓치지 않고
가는 날까지 최선을 다해서 살다 가리라

2016년 3월 12일 아침에 퇴근을 해서
천상병 시인의 '귀천'을 노래로 불러주는
장사익씨의 노래를 듣고서, 은민 신명남

활짝 웃으며 삽시다

세상에서 가장 큰 꽃은
무슨 꽃일까요

세상에서 제일 큰 꽃은
인도네시아에 있습니다

세계에서 최고로 큰 꽃은
타이탄 아룸이라는 꽃입니다

사진의 꽃처럼
사람보다 몇 배나 큽니다

타이탄 아룸이 활짝 피면
정말 대단할 겁니다

타이탄 아룸보다
훨씬 더 큰 꽃이 있습니다

세상에서 가장 큰 꽃은
활짝 핀 마음의 꽃입니다

큰 마음은 온 세상을
담을 수가 있습니다

마음이 활짝 웃으면

마음의 꽃이 활짝 핍니다

활짝 핀 마음의 꽃이
가장 크고 가장 아름답습니다

활짝 핀 마음의 꽃이
세상에서 가장 진귀합니다

마음의 꽃이 활짝 피도록
활짝 웃으며 삽시다

2016년 3월 16일
"활짝은 마음에서 오는 거 아닐까요?"
라고 하는 은인의 답글을 받고서
야간경비 중 새벽에, 은민

오늘 하루를 감사로

아내가 잠 깨지 않도록
살며시 집을 나섰다

고생하는 아내를 위해
축복기도를 하고

새벽 5시 50분 쯤에
출근 길을 나섰다

1시간 쯤
일찍 출근한다

상쾌하고 즐거운
새벽미명이 참 좋다

회사에 도착해서
하루 일과를 준비한다

음악도 틀어놓고
소꿉장난하듯이 한다

한참 바쁜
출근시간이 지났다

한가로운 마음으로

녹차를 끓여서 마신다

폴모라아아의 경음악이
녹차의 향기를 더한다

한가하게
노는 느낌이 든다

평온하게 일하는 게
미안한 마음마저 들었다

회사 일을
소홀히 하지 않는데

왜일까
이 미안한 느낌은 뭘까

누군가에 감사하고
죄송스런 맘이 든다

여유를 두고서
곰곰히 곱씹어 보리라

어쨌든
화창한 봄날이다

만물이 생동하는
활력 넘치는 봄이다

봄의 활기로
오늘 할 일을 하리라

와있는 봄을 누리며
오늘을 만끽하리라

오늘을 감사하는
하루를 누리겠다

2016년 3월 22일 오전에
뉴파워프라즈마 (주)에서
보안경비근무를 하며, 은민

땀 흘리는 것이 축복이다

24시간 넘게
경비근무를 서면

말뚝처럼 있어서
발은 퉁퉁 붓지만

더 긍정적으로
감사하게 생각한다

잠깐 눕고 싶어도
누울 수가 없으니

심야에 이렇게 누우면
여기가 충분한 낙원이다

안내석 안 쪽에
간이 잠자리를 펴고

잠깐 쪽잠을 자도
얼마나 개운한지 모른다

잠시만 누워도
천국처럼 행복하다

땀 흘린 뒤의 휴식이

달콤하고 뿌듯하다

땀 흘리지 않은 휴식은
무료하고 무의미하다

땀 흘리는 것 자체가
크나 큰 은총이다

땀 흘리는 과정 과정이
의미있는 축복이다

벌 나비가 날아들면
꽃이 달콤한 꿀을 주듯이

땀이 복인 줄 알라고
땀 흘린 뒤엔 늘 달콤하다

땀 흘리는 것 자체가
크나 큰 축복이다

땀 흘리는 나는
복되고 행복한 사람이다

언제 어디서나
자발적으로 땀 흘리면 살자

언제 어디서나
땀 흘리는 것이 축복이다

2016년 3월 25일
24시간 경비근무 중에
밤 1시 40분부터
새벽 3시 10분까지
1시간 반 잠을 자고, 은민

고생 뒤엔 행복이다

최근 5년 동안
많은 고생을 했다

역경 중에
원망 없이 감사하니

고행 수련 덕택에
이젠 대개 평온하다

죽을 고생 후에는
그냥 황홀하다

아무 것도 안해도
구름 위를 걷는다

직장 일을 하는 것이
노는 것처럼 즐거우니

스물 네 시간이
이리 짧게 느껴진다

더위 먹으면
밥을 먹지 못한다

쓰디 쓴 익모초가

입맛 돋우는 약이다

쓰면 십자가
달면 부활이니

고생 행복
동전 양면이다

고비 뒤엔
행복 시작이다

고난 축복
역경 은총이다

고진 감래
고생 뒤엔 행복이다

2016년 3월 26일(토)
보안경비 근무를 서며
희열의 구름을 타고서, 은민

부자지간의 대화3

- 은민, 유지형

*갑1(아들 지형이)

5월에 차가 출고된다네요~^^
저도 돈 많이 벌어서
아버지 차 바꿔드려야 하는데요!
조금만 기다려주십시오!

*을1(아버지 은민)

지형이가 바꿔주는 차 안 탄다
얼마나 고생해서 번 돈을
내가 길에 뿌리고 다니니?

지형이가 아버지 차를 바꿔 준다는
그 고마운 부자지간의 마음만
기쁨으로 받고 싶구나

이제부터 아버지가 모으는 돈은
공익과 지형이가 5:5야
나는 원래는 무소유주의자야

지형이가 한 가문의 지도자와
나라의 지도자로도 훌륭하구나
오늘 보여준 아름다운 마음 고맙다

4월 1일 만우절이 하루 지났으니
거짓 농담은 아닐 것이라고 믿고(농담)ᄼᄼ
진심으로 지형이를 축복하마!!

버들 유씨 가문의 가문의 영광이구나
아버지에게 칭찬받는 건 100점이니까
주변 사람들에게 감동주는 삶을 살렴!!

*갑2(지형이)

가슴이 뭉클합니다!
항상 아버지의 깊고 넓으신
마음과 생각에 감사드립니다!
오늘도 좋은 글과 사진 그리고
마음 전해주서서 감사합니다!

주변 사람들에게
감동 주는 삶을 살겠습니다!ᄼᄼ
그리고 돈을 많이 벌어서
아버지께 차를 꼭 바꿔드릴께요~ᄼᄼ

*을2(아버지 은민)

그러지 말거라
물이 아래로 흐르는 것처럼
내리 사랑을 하는 것이 순리란다!!

*갑3(아들 지형이)
네 잘 알겠습니다!

새겨듣겠습니다!!^^

*을3(아버지 은민)
고맙구나!!

2016년 4월 2일, 갑(유지형), 을(은민)

마음을 비우고 내려놓고 살자

회사 정문을 들어서며
얼른 내려놓는 게 있다

회사 밖에서의 일들을
밖에 내려놓고 들어온다

좋아서 아쉬운 일들이든
걱정거리든 다 내려놓는다

그래서 그런지 몰라도
출근하면 마음이 참 편하다

어찌할 수 없는 것을 내려놓고
지금 여기에 충실하니 참 좋다

어찌할 수 있는 것도 접어두고
스스로 절제하니 참 뿌듯하다

적당한 알맞이로 살거나
약간 밑돌게 살려고 한다

마음을 비운다는 것이
이와 같다고 생각한다

과적 트럭처럼 고생하지 말고

마음을 비우고 내려놓고 살자

2016년 4월 11일 새벽에
1시간 먼저 출근해서
회사 정문 경비실에서, 은민
*
약간 밑돌게 살자는 말은
고향 권병섭 친구의 말입니다.

현재를 즐기자

현재를 살면 행복하고
과거를 살면 우울하고
미래를 살면 부담된다

과거는 없다
미래도 없다
현재만 있다

없는 걸 상대하는 게
허깨비를 만드는 격이다

현재를 충실히 살지 못하고
없는 과거와 미래에 매이면
허깨비의 노예로 사는 격이다

현재를 충실히 살지 못하면
말짱 헛짓이다

뇌경색 중풍으로 마비된
내 오른 쪽 발과 다리가 몹시 아파서
아내가 내 다리를 주물러 주고 있다

아파서 자지러질듯 놀라면서도
지금 이 글을 쓰고 있다

심히 아픈 이유를

마비가 풀리려는 전조라고 여기고
아파도 감사하며 이 글을 쓰고 있다

지옥에서도 현재를 즐기면 천국이고
천국에서도 과거와 미래에 매여서
현재를 누리지 못하면 지옥이다

지금 여기 현재를 즐길 때만
기쁘고 행복한 삶을 살 수 있다

지금 몹시 아픈 중에도
나는 이 글을 쓰며 행복할 만큼
현재를 감사하면서 즐기고 있다

현실을 중히 여기고
현재를 즐기자 카르페디엠!!

2016년 5월 25일 밤에, 은민

라보레무스합시다

하나님께서
'그게 화가 날 일이냐?'고
가인에게 물으셨습니다

언제나
내 자신에게 물어야 할
중요한 물음입니다

내 안에
화가 머무르고 있는지도
점검해야 합니다

정당하다면
골리앗을 향한
다윗의 의분입니다

부당하다면
아벨을 향한
가인의 혈기입니다

마하트마 간디는
화가 나 있으면, 자녀들에게
매도 들지 말라 했습니다

분을 버리고

회개하고 반성하며
평정심을 회복해야 합니다

그리고, 언제라도
자! 일을 계속합시다
라보레무스입니다

우리들은
예수 그리스도의 일꾼이지
내 감정의 노예가 아닙니다

회개하고
평상심을 회복하고
라보레무스입니다

그리스도의 일꾼은
남의 집에 기웃거리지 않고
내 집에서 근면성실합니다

내 집 밥을 먹고
내 집 일에 재미를 붙이고
라보레무스합니다

시바이처도
라보레무스 구호를 외치며
평생토록 열심히 사셨습니다

한눈팔지 말고
혈기부리거나 다투지 말고

라보레무스합시다

2016년 6월 11일
밤 23시 59분에
야간경비를 서며, 은민

묵언수행

침묵수련
묵언수행

열매처럼
꽃잎처럼

나무처럼
유수처럼

바위처럼
바람처럼

태산처럼
구름처럼

태양처럼
달님처럼

조기야와
주경야휴

춘하추동
무위자연

하루종일

묵언수행

16. 6. 12
묵언 은민
허한 나를
바로 세움

일자리가 생존권이다

살자리가 확립되려면
주거생활이 확보돼야 한다
생물학적인 생존권이다

살자리가 확립되려면
일자리가 마련돼야 한다
경제적인 생존권이다

일자리가 있어야
설자리가 제공되니
사회적인 생존권이다

놀자리가 있어야
자기구현을 할 수 있다
문화적인 생존권이다

일자리가 중요하고
일터가 소중하다
핵심적인 생존권이다

일자리를 만드는 게
모든 생존권의 핵심이다
일자리가 최고 생존권이다

2016년 6월 18일
부업을 알아보려고

전철로 서울에 다녀오면서
서울시 청년정책 표어를 보고서

사람에겐 뭐가 필요할까?

나무에게는
빛과 물과 흙의 거름이
필요합니다

나비에게는
꽃의 꿀이 필요합니다

사람에게는
과연 뭐가 필요할까요?

2016년 6월 21일 새벽 4시
양력 생일날, 생활시인 은민
*
오늘 60회 내 생일 기념으로
생활시인이라는 별칭을 쓰기로 함.

일의 즐거움을 알아차리자

회사 동료가 내게
"수고하셨습니다."라고
인사를 했다

나는 동료에게
"즐거우셨습니다라고
인사해주세요."라고 했다

직장 일이 있어서
즐겁게 일할 수 있으니
그 얼마나 즐거운가

회사 동료는 내게
"진짜 즐거우셨습니까?"
역질문을 했다

"예, 즐거웠습니다!"
"일할 수 있는 직장이 귀해서
일하는 게 즐겁습니다."

다른 동료가 내게
"즐거우셨습니다."라고
웃으며 인사를 건네 왔다

안되면, 세뇌라도 시키고

즐거운 직장이라는 사실을
찾아서 알아차려야 한다

긍정이라는 것은
아닌 것을 기라는 게 아니고
그런 것을 알아차리는 것이다

긍정이라는 것은
없는 것을 있다는 게 아니고
있는 것을 찾아내는 것이다

긍정이라는 것은
나쁜 것을 좋다는 게 아니고
좋은 점을 인정하는 것이다

꽃밭에 공을 들이면
꽃밭에 가면 즐거운 것처럼
직장도 공을 들여야 한다

가정에 정을 들이면
가정에 있으면 행복한 것처럼
직장도 정을 들여야 한다

일이 즐거우면 낙원이고
직장이 행복하면 천국이고
삶이 기쁘면 극락왕생이다

삶의 기쁨을 알자

직장의 행복을 찾자
일의 즐거움을 알아차리자

2016년 6월 21일 생일날
직장 경비근무를 서며, 은민

일 중심으로 관계하라

일보다는
사람 중심이 되어야 한다

사람 중심이 되려면
일 중심이 되어야 좋다

사람이 소중할 수록
일 중심으로 관계하면 좋다

자기 일을 잘 하면서
일을 통해서 함께하면 좋다

자기 일을 잘 해내야지
인간관계를 지속할 수 있다

함께 하는 일을 통해서
관계를 꾸려가면 금상첨화다

노동은 몸을 움직여 하는 일이고
노역은 억지로 하는 육체 노동이다

일은 몸과 마음을 쓰는 활동이고
가치를 추구하는 생명활동이다

일은 인격적인 생명활동이므로

일 중심으로 관계해야 한다

사람을 소중히 여긴다면
일 중심으로 관계하라

2016년 6월 24일
일 중심으로 의연히 사시는
은인분을 보며 존경하며, 은민

살아가기 1, 2, 3, 4

1.
성속일여
화이부동

성스러운 것과
세속이 하나가 되어
더불어 화목하지만
물들지 않는 모습

2.
만물동근
천변만화

만물의 뿌리는 하나지만
천 가지로 변하고
만 가지로 변화하는 모습

3.
적재적소
능수능란

때와 장소에 따라
상황과 분위기에 맞게
능숙하고도 노련하게
처신하는 모습

4.
수처작주
입처개진

어디에 있든지
참된 주인의식으로 살면
그곳이 바로 진리의 곳

2016년 7월 9일 저녁
퇴근 직전의 자투리 시간에, 은민
*
살아가기 춘하추동
살아가기 동서남북
살아가기 사통팔달
살아가기 인의예지…

오늘이 최선의 날이다

어제는
중풍 맞은 오른 발이 아파서
수강 중에 꽤 힘들었으나

오늘은
마음가짐을 미리 준비했으니
하루 종일 즐기며 몰입하리라

내일을
미리 앞서 알 수 없으나
오늘이 내일을 잉태하리라

현재 생활의 모습이
오늘 지금 삶의 연장선상에
내일의 닮은 모습이 열린다

누구나 하루를 산다
오직 오늘 하루 밖에 없다
오늘이 최선의 날이다

2016년 7월 12일
1~2교시 경비교육 과목인
장비사용법 강의를 기다리며, 은민

산다는 것은

산다는 것은
소나 개 돼지처럼
숨쉬고 먹고 싸고 낳고
움직이는 것만이 아니다.

산다는 것은
변화 발전하고
성장하고 성숙하고
새로와지는 것이다.

산다는 것은
뚜렷한 뜻을 품고
끈끈한 정을 가지고
씩씩한 의지로 사는 것이다.

산다는 것은
싱그럽게 싹을 내고
향기롭게 꽃을 피우고
아름답게 열매 맺는 것이다.

산다는 것은
무슨 모양 색깔이 즐겁고
어떤 소리가 기쁘고 반가운지
삶의 신비를 체험하는 것이다.

산다는 것은
무슨 일을 할 때 신명나고
어떤 사람을 만날 때 설레는지
삶의 은총을 경험하는 것이다.

산다는 것은
나는 과연 누구이고
뭘 하러 이 세상에 왔는지 알고
사명과 본분을 이뤄가는 것이다.

2016년 7월 16일
여름비 내리는 시원한 새벽에
물음 스승님께 배운 배움으로 은민.

힘들여 꾸준히 일하자

미련하다는 말은 들을 정도로
가장 힘든 방법으로 일하려는 자세가
제일 쉽게 일하는 비결이고
최상의 성과를 거두는 비법이다

멍청하다는 말을 들을 정도로
가장 오래 걸리는 방법으로 하려는 자세가
제일 빠르게 일하는 비결이고
최고의 결과를 거두는 비법이다

미련하도록 힘써 일하는 게 첩경이고
멍청하도록 끈기있게 하는 게 지름길이고
성실한 홍익인간의 마음자세로 일하는 게
행복하고 평화롭고 더불어 잘 사는 왕도다

헛 똑똑한 사람들은 약삭빠르게
가장 쉽고 가장 빠른 방법으로 하려다가
제일 힘들고 제일 느린 과정을 겪게 된다
미련하도록 힘들여 꾸준히 일하자

2016년 8월 4일, 경비근무 중에, 은민이

자존감과 자긍심으로 살자

결정권을 갖는 것보다
자존감을 갖는 게 중요하고

권력이나 권한보다
자긍심을 품는 게 소중하다

가난한 소크라테스가
권력과 결정권은 없었어도

현자 소크라테스로
세계 인류 4대 성인이시다

탁월성을 추구하지 않으면
인생을 살 가치가 없다고

속물로 살지 말라고
강력한 경고를 주신 분이다

자존감과 자긍심으로 살면서
의미를 추구해야 된 사람이다

결정권보다는 자존감으로 살고
권력보다는 자긍심으로 살자

2016년 8월 8일
회사에서 점심을 먹으면서, 은민

*
자존심은 안량한 의미로 퇴색했고,
자존감은 좋은 뜻으로 남아 있음.

하루를 또 살며

고단할 때 자고
시장할 때 먹고
사랑할 때 하고
음미할 때 하고
나누며 잘 살려
하루를 또 산다
고맙고 또 감사

2016년 8월 15일
광복절 이른 새벽에
경비순찰을 돌고서, 은민

주고 싶은 마음, 함께 하고 싶은 마음

좋아하는 사람에게
뭔가 좋은 걸 줄 수 없을 때
주지 못하는 마음은 속상하다

사랑하는 사람에게
뭔가 좋은 걸 줄 수 없을 때
주지 못하는 심정은 비참하다

더 줄 게 없을 때
나를 떠나가는 걸 감수지만
함께 해주면 더 미안하게 고맙다

좋아하고 사랑하는 건
주고 주고 더 주고 싶지만
함께 하고 싶은 마음은 더 크다

2016년 8월 29일 정오 점심
초가을 하늘 눈부시게 새파랗고
가을바람 상쾌한 날, 경비근무 중, 은민.

발걸음도 단정하게 걷자

평소에 늘 고맙던 우리 회사 청년이
큰 슬리퍼를 신고 걷는 모습을 보고
순수하게 도와주려는 마음으로
방금 전에, 한 말씀을 드렸다

슬리퍼를 신고서 걸을 때
'직직' 끌면서 소리가 나지 않도록
발에 맞는 슬리퍼를 신고 잘 걸으면
더 성공하는 사람이 될 거라고 했다

슬립퍼 소리를 내지 않고
걸음걸이를 반듯하게 걸으려고
거울을 보듯, 자기 자신을 보는 것도
일종의 명상수련이 된다고 했다

걸음걸이도 명상수련법이다
걸음걸이를 단정하게 잘 걸어도
더 행복하고, 더 성공하기 쉽다
발걸음도 단정하게 걷자

걸음걸이를 바꾸면 건강이 나아지고
발걸음이 경쾌하면 기분도 좋아지고
바르게 잘 걸으면 하는 일도 잘 된다
발걸음도 단정하게 걷자

2016년 9월 5일
(주)뉴파워프라즈마 경비근무 중,
은민

실력과 장비와 의지를 갖추자

하늘은 머리이고
시간(時間)이고
실력과 능력이고
일과 직업이다

땅은 배이고
공간(空間)이고
장비, 연장, 도구이고
집과 터전이다

사람은 가슴이고
인간(人間)이고
일가 전문가의 원형이고
관계, 소통의 원류이다

1 2 3
하늘 땅 사람
머리 배 가슴
시간 공간 인간
실력 장비 전문가 의지
일 터전 소통의 삼요소처럼

인간은 모름지기
실력, 장비, 전문가 의지로
삼위일체 통합을 이뤄야지

인간다운 인간 구실을 잘할 수 있고

사람은 모름지기
실력, 장비, 전문가 의지로
원숙한 경지에 이르러야지
사람다운 사람 도리를 할 수 있다

실력, 장비, 의지를
겸비하고 살아야지만
사람이 사람답게 잘 살 수 있다.
실력과 장비와 의지를 갖추자

2016년 9월 6일 밤 1시경
경비근무 중에, 생활시인 은민

일하며 운동하기

함께 근무하는 경비 동료가
얼마 전에 걷기 운동을 하다가
청소하는 분들께 말을 들었다

전에 있던 경비원도 청소를 안하고,
새벽 운동을 해서
쫓겨났다고 겁을 주는 것을 봤다

경비원과 미화원들 간에는
업무분담이 명백하기 때문에
할머님들의 말은 어거지다

그러나, 나는 순찰 돌며 운동하고
새벽에 꽁초와 쓰레기를 주우면서
땀흘려 운동을 하니까, 내게 좋다

내가 하도 깨끗이 주우니까
꽁초 버리기가 양심에 걸리는지
쓰레기 버리는 게 많이 예방됐다

버리고 줍는 이중 수고보다는
아예 버리지 않도록 예방하고
미리미리 계몽을 하니까, 기분좋다

2016년 9월 14일 추석 연휴 첫날
경비근무를 서면서, 생활시인 은민.

긍정 365 0924

검소한 것은 긍정이고
인색한 것은 부정이다

수 백 억 갑부셨던
우리 부모님께서는
엄청 알뜰하셨다

평소에 부지런하시고
이쑤시개 요지 하나도
쓰고 놓고 또 쓰시고
한 달 넘게 쓰셨지만

지나가는 손님들 불러서
술 한 잔이라고도 대접하시고
이 아들이 대형사고라도 쳐서
수 억이 날라가도 다 갚으시고
눈 하나 깜빡하지 않으셨다

아버님은
주머니에 넣고 다니시는
만원짜리 접은 부분이 닳아서
끊어질 때까지 아끼셨지만
동네 마을 회관터도 기증하시고
학교운동장도 기증하셨다

훌륭하고 위대하신 소시민이신
우리 아버님과 어머님의 존함은
유 근영, 이 숙훈 님이시다

나도 부모님을 본받아서
요즘, 검소하고 부지런하고
인심있게 열심히 잘 산다

근면검소하신 분을 보니까
부모님 생각이 떠오른다

어머님, 아버님 감사합니다!!

아무튼
인색한 것은 부정이고
검소한 것은 긍정이다

2016년 9월 24일 새벽에
부모님께서 물려주신 집을
유산싸움으로 공중시켜 버린
장자와 장녀와 차녀 덕분에
집을 비워줘야 하는 은민
그래도, 감사하는 마음으로.

있음으로 행복하자

가을바람이 선선하니 좋다

가을이 겨울의 앞자락인 것처럼
시원함은 쌀쌀함을 앞서 온다

시원한 가을바람이 불어올 때
쓸쓸함을 투사하지 말자

내 마음 둘 곳 없어 외롭더라도
죄 없는 가을바람은 냅두자

가을바람도 비틀즈처럼
렛잇비 렛잇비 냅둬유 노래를 한다

내 마음이 슬프거나 힘든 것을
밖에 투사해서 분위기 내리지 말자

있는 그대로 보고 듣고 느끼자
있음으로 행복하자

2016년 9월 26일
경비근무 중에, 어느 글을 읽고, 은민

자연처럼 살아가자

하늘처럼 푸르르고
우주처럼 넉넉하게

해님처럼 따뜻하고
달님처럼 다정하게

별님처럼 총명하고
허공처럼 여유롭게

바람처럼 자유롭고
구름처럼 포근하게

천둥처럼 씩씩하고
번개처럼 날렵하게

눈비처럼 촉촉하고
우박처럼 따끔하게

큰산처럼 든든하고
옥수처럼 싱그럽게

강물처럼 활기차고
바다처럼 겸손하게

주인처럼 책임지고

머슴처럼 성실하게

남자처럼 용기있고
여자처럼 자애롭게

모성처럼 위대하고
여성처럼 아름답게

어른처럼 지혜롭고
아이처럼 순수하게

2016년 9월 26일
경비근무를 서면서
그림글을 음미하며
1년 12달 24절기

손해보는 만큼 적선이다

손해보는 만큼 적선이다

손해보지 않으려는 만큼
장사치의 장삿속이다

순하고 착한 사람은
손해보는 사람이다

선하고 지혜로운 사람은
더 많이 생산해서 나누는
착하고 능력있는 사람이다

선하고 유능한 사람으로서
나누느라고 손해를 본다면
가장 좋은 적선이 되겠지만

순하고 착하고 무능해서
있는 것을 없애면서 손해를 봐도
적선하는 삶이니까 아름답다

손해보는 만큼 적선이니까
으레 손해보려니 하는 마음으로
너그럽게 손해보며 살자

지나치지는 말아야 하겠지만

손해보는 만큼 적선이다

2016년 10월 4일 회사 경비근무 중에
37년간 호되게 희생 봉사하신 분의
적선하신 지난 이야기를 듣고서, 은민이.

그냥 사랑하렵니다

오해를 다 풀려고 하지 않고
그냥 당신을 사랑하렵니다

다 풀고 사랑하려다가는
일생을 다 허비할 것입니다

이해를 다 하려고 하지 않고
당신을 그냥 사랑하렵니다

다 알고 사랑하려다가는
인생이 다 지나갈 것입니다

사람의 이해력에는 한계가 있고
사랑이 오해보다 크고 소중하지요

간혹, 화가 나면 격해지겠지만
그래도, 당신을 영원히 사랑합니다

애교를 떨고 수다 삼매경에 빠지고
역경에도 거울경으로 황홀경에 빠지고

봄 여름 가을 겨울을 함께 경험하고
희노애락애오욕을 같이 겪겠습니다

인생은 풀어야 할 문제가 아니고

경험해야 할 신비라고 했습니다

우리 함께 여생길에 반려가 되고
말년 여행길에 도반이 되어 줍시다

우리들은 느낌표 둘(!!) 한 쌍입니다
한 마음, 한 가슴으로 살아 봅시다

당신을 사랑할 수 있어서 감사하고
당신이 나를 사랑해줘서 감사합니다!!

2016년 10월 9일 새벽 2시 경에
뉴파워프라즈마 경비근무 중에, 은민.
*
희노애락애오욕 : 기쁨(喜)·노여움(怒)·슬픔(哀)·즐거움(樂)·사랑
(愛)·미움(惡)·욕심(欲).

행복의 강가에서 살자

행복은 샘물처럼
내 속에서 솟아 나오고
즐거움은 빗물처럼
밖에서 나에게로 온다

행복은 햇빛처럼
스스로 빛을 내지만
즐거움은 달빛처럼
햇빛을 받아서 비춘다

행복은 전등처럼
자체에서 빛을 내지만
즐거움은 그림자처럼
빛을 받아야 볼 수 있다

행복은 밖의 조건과는
관계없이 퍼서 쓸 수 있고
즐거움은 욕구이기 때문에
환경과 조건에 종속된다

행복은 자급자족해야 하는
자가발전이요, 자가펌프다
즐기며 살려고만 하지 말고
내면의 행복을 음미해 보자

술이나 아편 중독처럼
즐김은 부작용이 있어서
육체적인 욕구충족만 하려면
더 큰 욕구불만에 빠지지만

행복 속에 있는 즐김은
마르지 않는 생수의 강이고
중독성이나 부작용이 없어서
아무리 행복해도 문제가 없다

행복은 외적인 환경과 조건에
중독이나 종속된 것이 아니니까
마음만 잘 다스리면 만사 오케이
일체유심조(一體有心造)다

마음 먹기에 달려 있으니
풀고 조이고 닦고 기름치듯
마음을 잘 다스리고 관리해서
마음 속 행복의 즐거움을 누리자

행복 안의 즐거움은 보약이고
행복 속의 기쁨은 신약(神藥)이니
마음대로 길어 쓰고 마실 수 있는
내면의 행복의 강가에서 살자

2016년 10월 9일 아침
뉴파워프라즈마 경비근무 중에, 은민
*
'닦고 조이고 기름치자'고 하는

자동차 정비용어에다가 '풀고'를 하나 더함.
사람은 기계가 아니기 때문에 '풀고' ; 이완 ;
릴랙스(relax)를 중하게 우선해서 씀.

relax :
1. (즐기는 일을 하면서) 휴식을 취하다,
  느긋이 쉬다.
2. (마음의 긴장을 풀고) 안심, 진정하다.
3. (근육 등의) 긴장이 풀리다, 긴장을 풀다,
  (움켜쥔 손 등을) 풀다, 놓다.
4. (법·규칙 등을) 완화하다.
5. (관심·노력을) 늦추다.

천천히 맘편히 하세요

급하게 서둘지 마시고
조급히 보채지 마시고

천천히 맘편히 하시고
느긋이 즐겁게 하세요

착수는 신속히 하시고
느긋이 즐기며 하시고

시작은 빠르게 하시고
천천히 맘편히 하세요

2016년 10월 16일
가을비 고이 내리는 날
경비근무를 서며, 은민.

하루 사계의 모습

새벽 미명이 싹터
아침 햇살이 되고

밝은 햇볕이 자라
한낮 태양이 되고

빨간 물감이 퍼져
저녁 노을이 되니

붉은 주단이 내려
밤의 검음이 된다

봄의 연두가 자라
여름 초록이 되고

푸른 잎새가 익어
가을 단풍이 되고

가을 색동이 늙어
겨울 낙엽이 되니

누런 잎들이 삭아
봄의 거름이 된다

2016년 10월 17일
퇴근 후, 한의원에서

찜질, 물리치료, 부황
침 치료를 받으며, 은민

새벽 출근 전 틈새에

새벽 5시 10분
출근할 준비를 거의 다했다

마지막으로 밥을 푸려는데
전기밥통 뚜껑을 열어보니

물 속의 쌀과 보리가
나를 보며 미소짓는 듯했다

취사로 스윗치를 올려놓고
밥 되는 사이에 글을 써본다

우리 아드님 지형이가
3일 전에 내게 호를 지어줬다

"생활 밀착형 시인"이시라며
늘 좋은 글 감사하다고 했다

멋진 호가 마음에 들어서
종종 써야겠다고 했더니

사용해 주시면 영광이라며
오히려 내게 감사하다고 했다

고마운 마음으로 종종 쓰면서

"생활 밀착형 시인"이 되리라

아드님 지형이에게 고맙고
부모님과 하늘에 늘 감사하다

2016년 10월 30일 새벽에
출근하기 전, 틈새 10분에, 은민이.

인생의 진미는 3미(味, 美)다

일 할 때마다 나는
의미를 부여해서 재미를 들이고
재미를 들여서 취미로 삼는다

무슨 일을 하든지
의미, 재미, 취미의 3미를 적용하는 게
내 인생살이의 큰 기쁨이요, 행복이다

피할 수 없으면 즐기랬다는 말처럼
지금 내가 하고 있는 일에 일단
재미를 들여야 한다

내가 하고 싶은 일이나
앞으로 어떻게 될 일보다는
된 일과 지금 하고 있는 일을 잘 하자

지금 여기
인생의 진미는 바로
의미, 재미, 취미의 3미(味, 美)다

2016년 11월 26일(토)
뉴파워프라즈마 3층 연구실에서
김영철 차장님과의 대화 중에…

마음을 비우고 열심히 일하자

용역직 경비였던 내가
본사 인사팀 직원이 됐다고
어제 회사 공고에 떴다

어젯밤 퇴근길에
어느 시인의 집에 들러서
이런 이야기를 나누었다

고속승진의 비결은
어렵고 힘들고 오래 걸리게
미련하게 일하는 것이고

역설적으로
고속승진의 요행을
바라지 않는 것이다

미련할 정도로
열심히 일하되
마음을 비우는 것이다

욕심을 버리고
자율적으로 일하는 게
행복과 성공의 비결이다

의미를 부여하고

재미를 들여 취미를 삼도록
마음을 비우고 열심히 일하자

2016년 12월 2일 오후에
뉴파워프라즈마 회사에서, 은민

맘의 여유를 즐기자

일찍 일어난 비둘기
좋은 콩알을 먹지만
일찍 일어난 사람은
몸의 여유를 누리고
빨리 시작한 사람은
맘의 자유를 누린다

일찍 서둘러 착수해
아주 천천히 하면서
몸의 여유를 누리고
맘의 자유를 누리자
몸과 마음을 다스려
맘의 여유를 즐기자

2016년 12월 09일
새벽 5시에 출근해서
일을 하다가, 주 은민
*
맘 = 몸 + 맘 합성어.

새벽에 부모님을 추억하며

새벽에 출근해서
부지런하셨던 어머님을 추억한다

휴지 한 장을 아끼면서
검소하셨던 아버님을 기억한다

힘들 때, 어머님 생각이 난다지만
나는 자주 부모님 생각을 한다

제비꽃처럼 멋드러지셨던 아버님
민들레처럼 억척스러우셨던 어머님

부모님을 추억할 때마다 늘
고맙고 감사하고 죄송할 뿐이다

2016년 12월 10일 새벽 은민…!!

천천히 찬찬히 느껴보자

뭔가를 결정할 때
머리로 생각하지 말고
가슴으로 느껴보자

머리의 지성과 지식은
기억이니까 과거이고
가슴의 감성과 느낌은
지금 여기 현재이다

천천히 찬찬히 느껴보자
싫은 지 좋은 지 느껴보고
더 좋은 게 뭔지를 느껴보자

머리의 지식은
과거의 기억에 종속되고
미래의 기대에 매이기 쉽다

가슴의 소리를 들어보자
마음의 날씨가 화창한지
기분의 기상이 흐린진를
천천히 찬찬히 느껴보자

현재는 선물이다
프레즌트 이즈 프리젠트
Present is Present

천천히 찬찬히 느껴보자

2017년 1월 23일 정오 경
아산 탕정 삼서전자에서, 은민.

설연휴 대근을 하면서

이른 새벽 길을 나서니
겨울비가 내렸더라

바람도 없이 고요하고
포근한 기온이었다

6시 쯤 되니
찬바람이 불기 시작했다

동료의 아내가 아프서서
대신 근무를 서고 있다

아무도 없는 명절연휴에
혼자만의 시간을 누려 본다

남들이 이해하기 힘들 만큼
큰 기쁨과 환희로 충만하다

하늘 땅 자연에 감사하고
좋은 이웃들에게 감사하다

2017년 1월 27일
설 연휴에 대근을 하며,
은민설연휴 부자상봉 중에

결혼조건 중의 하나로
져 주고 싶은 인격이나
져 주고 싶은 맘씨를 보는 것도
정말 괜찮을 것 같다

우리 아들이 여자 친구에게
지고 사는 게 좋다는 말을 듣고
아버지로서 얼마나 반갑고 좋은지
이처럼 글로 써서 공유하려는 것이다

진정으로 존경스럽게 사랑한다면
서로 져 주려고 낮출 것이고
서로 잘해 주려고 애쓸 것이니
행복하게 잘 살 수 밖에 없다

여친 말 듣고
담배 끊은 아드님이 대견하고
남친 선도 잘하는
우리 예비 며느님이 고맙다

우리 아드님
황희정승 유지형 님과
우리 예비 며느님
금방울 님을 축복합니다!!!
*
황희정승 님은
아들에게 감동한 이 아비가 지어 준
별칭입니다.

감사로 맞이하는 설날 새벽

감사는
감사한 일을 찾는 것이다

감사할 일이 생겨서 감사하는 것은
조건부로 거래하는 것이다

모든 일이 감사제목이지만
그것을 찾아서 알아차리고
믿고 느끼고 감사하는 것이
순수하게 감사하는 것이다

감사하는 마음으로
감사하는 안목으로
새해 설날을 맞이 합시다

설날은 낯설은 새날이지만
감사하는 심령으로 맞이해서
친숙한 새날로 살아 봅시다

새날 하루 하루를
감사하는 맘으로 모아서
행복한 한 해로 이뤄 봅시다

2017년 설날 새벽
(주)뉴파워프라즈마에서, 은민

주말연휴 입춘새벽에

60평생의 첫취직
직장생활 1년의 첫주말연휴

6시가 되도록 누워있자니
비몽사몽간에 꿈을 꾸고

꽃피는 봄이 그리운지
흩날리는 꽃잎들이 떠오른다

진달래 연달래 꽃잎새와
철쭉꽃 잎새들이 어른거린다

아지랑이 아른아른
봄처녀나비 너울너울

무지개를 띄우려고
봄비도 보슬보슬 내려 주고

빨간 꽃대에 흐르는
우윳빛깔 진액의 사랑들이

강물처럼 흘러흘러
어느새 반백이 되었구나

상념에 젖어들다 말고

전기밥솥의 스윗치를 눌렀다

툭툭 털고 일어나서
또 하루의 삶을 시작하련다

아직은 겨울이지만
절기로는 입춘이고

아직은 춥다지만
내 마음은 봄날이다

벌떡 일어서는 청춘으로
또 하루의 삶을 즐겨보자

2017년 2월 4일(토) 새벽
주말연휴를 누리며, 은민.

아름답게 사세나

중풍맞은 다리에
부황뜨고 침맞고
움직여서 버틴다

장수하려 아니다
주변민폐 피하고
일하려고 이런다

금수저를 탐하고
흙수저로 탓하는
모순으론 망한다

내몸부터 움직여
나부터가 변하면
온세상도 변한다

세속욕심 비우고
좋은열심 보이면
아름답게 변한다

나도너도 열심히
우리모두 열심히
아름답게 사세나

2017년 2월 4일 남사 동서한의원에서

솔선수범하는 삶을 살자

얼음을 쪼갤 때
가느다란 바늘 하나면
거뜬히 해결할 수 있고

얼음에 붙은
담배꽁초를 떼어낼 땐
작은 송곳 하나면 충분하듯이

얼어붙은 마음엔
작은 사랑과 친절의 배려가
큰 위로와 힘이 될 수 있다

사소하다 할 정도로
소소한 친절과 배려가
큰 사랑이 될 수 있다

특별한 남의 선행이나
거창한 남의 나라 얘기보다는
나의 소소한 선행이 더 생생하다

내가 변화하지 않으면
결코 세상이 변화하지 않는다는
자아성찰과 실천이 중요하다

내 이야기를 하자

내 삶의 소소한 선행으로
아름답고 향기롭게 살아 보자

오늘도 작은 송곳으로
얼어붙은 담배꽁초를 떼면서
재미와 의미를 만끽했다

담배꽁초를 버릴 때
재떨이 안에 넣는 경우가
훨씬 더 많아져서 행복하다

우리 회사 직원분들의
인사하는 각도가 깊어지고
주머니에서 손을 빼고 인사한다

내가 변하지 않으면
세상은 결코 변하지 않는다
솔선수범하는 삶을 살자

2017년 2월 14일
뉴파워프라즈마에서, 은민 유승열.

자립과 독립이 행복의 비결이다

움직이는 일과
움직이지 않는 일로 갈등이 되면
되도록이면, 움직이는 쪽을 선택하고

물건을 사고 싶은 마음과
사고 싶지 않은 마음으로 고민이 되면
사지 않는 쪽을 선택하는 게 좋듯이

자녀를 가까이 해야 할 쪽과
멀리해야 할 쪽으로 갈등이 생기면
멀리하는 쪽을 선택하는 게 좋다

애완견처럼 부모님 사랑받았던
반 백년 나의 경험에 따르면
자립심과 독립심이 더 중요하다

아버지가 딸을 너무 보살피면
아버지 같은 남자를 만날 수 없어서
그 딸은 불행하기가 쉽고

어머니가 아들을 너무 도와주면
어머니 같은 여자를 만날지 못해서
그 아들도 불행하기가 쉽다

한 땀, 한 땀 수를 놓듯

한 포기 꽃과 나무를 키우듯
부모님의 정성이 꼭 필요하지만

고운 딸일 수록 자립시키고
귀한 아들일 수록 독립시키자
자립과 독립이 행복의 비결이다

2017년 2월 16일 오전에
직장동료 이우영 계장님과 담소 후
나눈 이야기를 글로 요약해 봄.

빨리 지나가기를 원하지 말자

빨리 지나가기를
원하지 말자

월요일이 빨리 지나가기를
원하지 말고

겨울이 빨리 지나가기를
원하지 말고

힘들고 아픈 때가
빨리 지나가기를 원하지 말자

인생의 월요일이
일생의 꽃피는 봄날이고

겨울과 힘들고 아픈 때가
인생의 황금기일 때가 많다

지나기 전에는
고통이 돌덩인 줄만 알았다가

지나고 나면
소중한 추억인 줄 깨닫는다

겨울이 빨리 지나기를

조급히 원하지 말자

봄을
조급히 기다리지 말자

겨울이라는
인생의 황금기를 즐기고

봄 여름 가을 겨울의 사계를
철따라 누리고 음미하자

겨울이 빨리 지나가기를
조급히 원하지 말자

2017년 2월 20일 월요일 오후에
아산 탕정 삼성전자 가는 길에
이우영 계장님과 함께, 은민.

따뜻한 이웃이 되어주자

기쁨을 나누면 시샘하고
슬픔을 나누면 천시하고

행복을 말하면 질투하고
아픔을 말하면 무시하고

경사를 알리면 투기하고
애사를 알리면 멸시해도

세상의 인심을 감수하고
이웃이 있음을 감사하자

황량한 광야에 독거하면
얼마나 외롭고 쓸쓸한가

세상의 인심을 이해하고
이웃이 있음을 기뻐하자

선량한 이웃이 아니라도
고마운 이웃이 되어주고

이웃이 잘하지 아니해도
따뜻한 이웃이 되어주자

아침의 따스한 햇살처럼

진달래 언덕의 풍경처럼

이웃이 잘하지 아니해도
따뜻한 이웃이 되어주자

2017년 2월 17일 오후
회사 동료와 담소하고서.

부지런히 재미있게 일하자

지난 월요일날
월요일이 빨리 지나가기를
원하지 말자는 글을 썼는데
벌써 금요일이 되었다

월요일이 빨리
지나가기를 원하지 말고
시간이 실제로 잘 가도록 살지는
취지로 썼던 글이었다

부지런히 즐기면서
열심히 일하다 보면
시간이 후딱후딱 흐르는 것을
감미롭게 체험할 수 있다

월요일과 겨울이
힘든 날들이나 아픈 날들이
빨리 지나가기를 원하지 말고
심리적으로 빨리 가도록 살자

열심히 일해도 그렇지만
즐기는 사람에겐 시간이 더 잘 간다
부지런히 즐기며 재미있게 일해서
시간이 달콤하게 지나가게 살자

소꿉장난 하듯이
소풍하고 여행하듯이
즐기며 집중하고 몰입해서
부지런히 재미있게 일하자

2017년 2월 24일 아침에
윤원석 계장님과 둘이서
삼성전자 가는 중에, 은민이.

기쁘고 행복한 것을 생각하자

반찬가게에 가서
있는 반찬 다 사는 바보는 없다

시장에 가서
반찬감 다 사는 멍청이도 없다

수많은 반찬거리 중에서
아주 조금만 사와야 된다

여러가지 반찬 중에서
필요한 몇 가지만 사와야 된다

나이가 많아질 수록
누리고 즐길 생각을 하자

근심 걱정을 하기에는
금쪽 같은 말년의 시간이 아깝다

밀려오는 수없이 많은 생각들 중에
기쁘고 즐거운 생각들을 선택하자

어떤 일과 내 반응 사이에는
어느 틈새가 있다

그 틈새를 넓히는 여유를 갖고

긍정적인 것을 용기있게 선택하자

사랑하고 살기에도
인생은 짧다는 책이 있다

즐겁고 행복하게 살기에도
장년의 여생은 짧다

시궁창에 코를 박지 말고
꽃송이에 코를 대고 살자

걱정 근심 하지 말고
기쁘고 행복한 것을 생각하자

2017년 3월 7일 햇살 좋은 날
아산 탕정 삼성전자에서, 은민.

생활시인의 생활시 2 159

맛있고 멋있게 살자

몸과 맘
맛과 멋

모음 ㅏ, ㅡ, ㅓ의
방향만 틀면 되는 같은 것이다

몸은 맛있게 살고
맘은 멋있게 사는 게
글자끼리도 음양의 궁합이
잘 맞는 것이다

사람으로 땅에 온 것은
맘이 몸의 옷을 입고 온 것이니
맘은 멋있게 살고
몸은 맛있게 살면 된다

몸과 맘
맛과 멋

몸은 맛있게
맘은 멋있게

인생 뭐 있어?
맛있고 멋있게 살면 되지!!

2017년 3월 27일 퇴근시간 무렵

초딩 6년 내내 부반장이셨던 인재
구옥희 친구(김민규 엄마)랑
통화 때 나눈 이야기를 글로 써 봄.
봄이 봄입니다. 해 봄, 잘 봄, 늘봄.^^
*
보라색 제비꽃, 노오란 민들레,
연보라 환상적인 진달래 꽃들이
초등학교 6년 같은 반 친구
구옥희 친구를 예쁘게 닮았네요.

일 할 수 있는 오늘이 감사하다

태극기 운동 여파로
직장에 정적이 생겨서

회사에 누가 될까봐
회사를 떠나려고 했다

처음 회사로 되돌아 가서
경비를 서겠다고 했더니

안된다고 나를 만류하면서
다른 회사에 뺏기기 싫다고 했다

우리 회사 세 곳의 보안순시와
개선안을 내는 게 주업무다

위반사항을 적발해서 보고하면
인사고과에도 반영한다

그래서, 29일날, 안내자와
수원 본사와 지사를 답사했다

앞으로는, 오산 지사와
수원 본사, 지사까지 담당한다

보안규정 위반사례를 보면

곧바로 보고를 해야겠지만

적발해도 보고하지 않고
잘 하도록 계도만 할 것이다

임직원들 스스로 변화하여
준수할 때까지 기다리겠다

검열하고도 보고를 안하면
언젠가 내가 잘릴지 몰라도

직원들의 자긍심이 지켜지고
보안규정을 스스로 지키도록

믿고 감사하며 희망을 품고
끝까지 계도할 것이다

무엇보다도 감사한 것은
부족한 나를 잡아 주고

맘껏 일할 수 있도록
기회를 더 주셨다는 것이다

몇 달 동안 열심히 해서
보안분야를 체계잡아 놓고

이 자리에서 물러나서
글을 쓸 수 있는 경비를 서겠다

움직일 수 있어서 다행이다
일 할 수 있는 오늘이 감사하다

2017년 3월의 마지막 날
4월 3일부터의 업무를 준비하며.
*
계도 : 다른 이를 깨치어 이끌어 줌,
일깨움으로 순화시켜 줌.

자연과 사람과 일에 취해 보자

화창한 햇살을 보라
얼마나 밝고 아름다운가

술 취하지 않은
맑은 정신으로 햇볕을 보니
얼마나 기분이 좋은지 모르겠다

술 마시고 싶은
유혹을 느낄 때마다
화사한 햇빛을 보고, 꽃을 보자

상쾌한 바람을 쐬며
코가 시원하도록 들이마시고
아름다운 자연을 느껴보고

신비로운 세계를
섬세하게 꼼꼼히 음미하며
자연의 쾌락과 하나 되어 보자

잘 보고, 잘 듣고 느끼고
자연의 현상과 존재와 함께 하면
술 취한 것보다 더 황홀할 것이다

아름다운 자연에 취하고
신비로운 사람에게 취해 보고

일하는 재미에 취해 보자

술 취하지 말고
밝고 맑은 정신으로 살자
자연과 사람과 일에 취해 보자

2017년 4월 1일 아침에
용인 남사 동서한의원에
침을 맞으러 오면서, 은민

퉁명떨지 말자

퉁명은
인간관계 유통기한의
종점에서 발생하는 부패다

퉁명은
지루광스러운 소모전이고
진빠지게 하는 낭비다

퉁명은
인간관계 유통기한의
저급한 끝자락이다

퉁명은
인간관계파탄의
주범이다

퉁명떨지 말자

2017년 4월 1일(토) 밤
퉁명떠는 사람을 야단치고서.

천천히 즐기면서 합시다

빨리 시작해서
천천히 하면 일이고
찬찬히 하면 놀이고
몰입해서 즐기면 오락이다

늦게 착수해서
허둥지둥 허겁지겁 하면
노동이 되고, 노역이 되고
고통스러운 고역이 된다

일이란
참 신기하다

똑같은 일도
천천히 즐기면 게임이 되고
쫓기듯이 하면 노역이 되고
고역이 되고 불행이 된다

일은
일순위라서 일이다

내 일을 남이 대신 할 수 없고
내가 할 일을 남이 해 주지 않으니
내가 할 일을 일순위로 우선하자

매도 먼저 맞는게 낫다는데
기왕에 꼭 해야 할 일이라면
빨리 시작해서 여유를 가지고
천천히 즐기면서 하자

청소하는 일이 내 직무는 아니지만
회장님과 부장님이 줍는 걸 보고
내 스스로 자원해서 하게 되었고
이 일에 의미를 붙이고 재미를 들여
꽁초와의 데이트를 즐기고 있다

서둘러 빨리 시작해서
천천히 즐기면서 합시다

2017년 4월 5일 식목일 아침에
회사 경내 청소를 하다가, 은민.

타고 난 게 아니라, 노력입니다

오늘 아침에
새로 오신 경비원에게

직원들이 출근할 때
휴대폰 카메라를 봉인한
스티커 검사 시범을 보여줬다

우르르 몰려 들어올 때
친절하게 인사하면서도
신속하게 검열하는 걸 보고

그 많은 임직원들 이름과
외국인들 이름까지
거의 다 외워서 부르는 걸 보고

새로 오신 경비원이 내게
'천 명에 한 명 나올 체질'이라고
과분한 칭찬을 해 주셨다

타고 났다고 칭찬할 때
나는 속으로 생각했다
타고 난 게 아니라, 노력입니다

누구나 다 할 수 있습니다
하지만, 아무나 하는 건 아닙니다

타고 난 게 아니라, 노력입니다

2017년 4월 5일
(주)파워프라즈마에서, 은민.

본분을 다하는 모습이 아름답다

기본에 충실하고
기초를 탄탄히 하자

천안 ASM회사에
납품을 하면서

뉴파워프라즈마
우리 회사 운송 담당
김진호 계장님께서

기계 부품이
부족한 것을 발견하고
양쪽 회사에 다 유익하도록
조처하시는 과정이 아름다웠다

사람이
맡은 일에 본분을 다하는 모습이
참 아름답다

2017년 4월 21일 오전에
김진호 계장님과 ASM에 납품하고
경부고속도로를 달려가면서.
*
저는 고속도로에서 나오는 길에
타이어가 떨어져 있는 보고
교통사고를 예방하려고

오산시청 교통과에 전화 신고를 했습니다.

누군가가 치운 것을 확인했다며
신고해 줘서 고맙다는 전화를
오산시청 공무원 분께 받아서
또 감동받고, 또 행복합니다.

우리 나라 공무원님들 최고십니다.
*
오산시청건설도로과도로보수계유복현입니다
민원인께서이런장문의편지를주신건27년공직생활하면서처음입
니다
감사의편지감사합니다
*
감사드립니다!!

나는 즐기는 경영인이다

단지, 담배꽁초를 줍는 것은
구멍가게 운영이고

담배꽁초 줍는 일을 하면서
사람들이 꽁초를 버리지 않도록
선도하는 것은 경영이다.

단지, 담배꽁초를 줍는 사람은
개인사업 운영자이고

담배꽁초 줍는 일을 하면서
스스로 꽁초를 버리지 않도록
선도하는 사람이 경영인 CEO다.

새벽에 회사에 출근해서
담배꽁초와 쓰레기를 줍는 나는
자원 자칭 청소부 봉사자이지만

길바닥 전체를 쓸고 돈을 버는
전문 청소부 미화원은 아니다.

내가 관리한지 9개월만에
넓은 주차장에 담배꽁초가
단 한 개도 없는 날이 많다.

나는 언제 어디서나
즐기는 경영을 지향하고
시스템화, 자동화 시킨다.

작은 경영을 즐기는
나는 순수 경영인이다.

나는 작은
즐기는 경영인이다.

2017년 4월 25일
뉴파워프라즈마(주)에서.

오늘 하루를 살 뿐이다

오늘 새벽 2시부터
밤 11시까지 21시간 쯤
나라와 정치를 위해 글을 썼다

온 몸이 후들거리고
먹은 음식이 올라올 정도니
웬만한 수도사도 힘들 일이다

5월 9일 대선 때까지
죽을 힘을 다 할 생각이고
그 후에는 조금 쉬고 싶지만

막상, 그때가 되면
더 열심히 살게 되고
더 몰입해서 글을 쓸 것이다

힘에 벅찬 날에는
내 스스로에게 말하리라
오늘 하루를 살 뿐이라고

오늘 하루만 이겨내면
일평생을 이겨낼 수 있고
인생을 보람있게 살 것이다

60년을 살든지

80년, 90년을 살든지
오늘 하루를 살 뿐이다

2017년 5월 3일 심야에
21시간 쯤 글을 쓰며, 은민.

관대하고 너그럽게 살자

시원하게 부는 바람에
단풍나무 나폴나폴 춤추고
느티나무 너풀너풀 춤을 춘다

포근한 연회색 하늘엔
은은한 햇살이 따사롭고
아카시 향기가 참 싱그럽다

나폴나폴 나가 있고
너풀너풀 너가 있는
더불어 사는 우리들 세상

이 신비롭고 아름다운 세계를
이 신묘한 인간의 마음을
그 누가 만들었을까

일신우일신 날마다 새로와지게
개선하고 개혁해야지 마땅하고
때론, 혁명적인 변화가 필요하지만

도대체 뭐가 불만이고
도대체 무슨 불평을 하는지
도대체 이해가 잘 된다?

지금 여기를 못살기 때문이고

미래 기대수요의 욕심 때문이고
이기심 때문에 불평 불만을 한다

나뿐인 사람이 나쁜 사람이고
너뿐인 사람이 성자다
나와 너가 더불어 함께 살자

내 욕심은 엄격히 자제하고
남의 욕구는 역지사지로 배려해서
관대하고 너그럽게 살자

사랑은 역지사지의 배려다
사랑한다면서 배려가 없으면
사랑하는 줄로 착각하는 것이다

내 욕심은 스스로 절제하고
남의 욕구는 역지사지로 배려해서
관대하고 너그럽게 살자

2017년 5월 12일 오전에
회사 정정화 계장님과 함께
납품할 회사 보물들을 차에 싣는
틈새 틈새에, 은민 드림 Dream.
*
역지사지: 입장 바꿔 놓고 생각해 줌.
미래기대수요: 막연하게 미래에
필요할 것 같은 불안심리에, 사람들은
맹목적으로 재산이나 물질을 모음.

살았을 때, 내려놓고 살자

죽을 때
다 놓고 가는 걸 아니까

살아서
내려놓고 비우고 사니까

신께서도
네겐 졌느니라 인정하시고

한 민족의
조상으로 세워진 사람이

야곱이라 불리우던
이스라엘 그 사람이다

신께서도
친구를 삼으시는 비운 사람

하늘도
벗 삼으시는 내려놓은 사람처럼

살아서 내려놓고
살아서 비우고 정리하자

유산으로 주지 말고

증여나 공중으로 주거나

될 수 있으면
좋은 곳에 기부를 하자

죽을 때, 타의로 놓고 가지 말고
살았을 때, 자의로 내려놓고 살자

살았을 때, 마음을 비우고
살았을 때, 내려놓고 살자

2017년 5월 15일 새벽
꽁초 데이트 중에, 은민 유승열.

상견례 날이다

오늘은
상견례 날이다

떨리고
셀레는 맘이나

만나니
편하고 좋았다

소주도
서너잔 나누고

담소도
즐겁게 나누고

행복도
심으며 나눴다

사둔댁
어르신 고맙고

아들과
며느리 고맙다

2017. 5. 21
서울 상봉역 운현궁에서, 은민.

오늘도 긍정적인 맘으로 살련다

생활시인의 생활시라는
내 첫 책이 나오자 마자
대표님께 2권을 드렸다

1권에 1만2천원이니까
3권이면 김영란법에
위배될지도 몰라서 2권

열흘 쯤 지나서
책을 잘 읽으셨다는
문자를 보내 주셨고

보름 쯤 지나서
어제 10만원 상품권을
내게 직접 주셨다

퇴근하는 길에
오산 이마트에 들러서
각종 커피를 샀다

블랙커피
마일드커피
믹스커피 등등 5통

커피 84,140원

졸음방지용 박카스 7,500원
총 91,640원어치를 샀다

우리 회사 운전기사분들의
졸음운전 예방용 음료품을
대표님 덕분에 많이 마련했다

오늘 새벽 2시부터 일어나서
설레는 맘으로 글을 쓴다
오늘도 긍정적인 맘으로 살련다

2017년 5월 26일 새벽 3시에
은민 유승열 드림 Dream.
아름다운 꿈은 이루어진다!!

라보레무스다

현재 시각 07:47
보잉 747 비행기처럼
날아 오르려고 맘을 다잡는다

절친 대학동생 자살소식에
나도 모르게 가라앉는 기분에
내가 식음을 전폐하려는 것 같다

정신 차렷
밥상 차렷
얼차렷

벌떡 일어나서
술상 차렷은 안되고
냉수 먹고 정신 차렷

토요일 아침
아내는 잠을 자고
나는 잠 못 이뤘다

아내도 잘 아는 동생이라서
잠 깨어 소식을 들으면
엄청 슬퍼할텐데

일단, 억지로라도 밥을 먹자

라보레무스
자! 일을 계속 하자

중풍 다리에 침도 맞고
이발도 하고
조문도 가려면

쌀을 씻어서 밥을 앉혀서
밥상도 차리고
정신도 차려야지

쌀보레무스
쌀을 씻어서 밥을 하자
그리고, 또 라보레무스다

물과 공기처럼
흔하기에 더 소중한 오늘
라보레무스다

2017년 5월 27일 아침에
찬란한 태양을 보며
은민 유승열 드림 Dream.

보내는 마음이 너무 아프다

힘있는 자가 빼앗는 건
나라 정치나 가족간이나
똑같을 때가 많은 것 같다

나야 빼앗아 간 그들에게
장자의 기세를 가져왔지만
병선이는 물심으로 빼앗겼다

죽을 각오와 용기가 있다면
그 힘으로 더 독하게 살아야지
왜 스스로 목숨을 끊었는가

차라리 단식으로 죽어가면
그 사이에 대화라도 해보고
최선의 해법을 찾을 수도 있는데

급하게 죽는 바람에
아쉬움만 한없이 남아서
보내는 마음이 너무 슬프다

나는 오늘 할 일을 잊고
이렇게 망연자실하니
보내는 마음이 너무 슬프다

오전에 이발할 것도 잊고

중풍 다리 침맞는 것도 잊고
점심식사도 잊고

조문갈 때 입을 셔츠를 찾고
검은 넥타이를 찾으면서
보내는 마음이 너무 슬프다

2017년 5월 27일 오후 2시에.

대단히 감사합니다!!

가라앉아 헤매다가
페이스북 벗님들의
격려와 도움 말씀을 듣고

벌떡 일어나서
막걸리 한 잔 마시고
이발소에 다녀왔다

다녀오는 길에
막걸리 세 병에
맥주 한 병을 더 샀다

이발해서 기분전환
막걸리 사서 기분고양
밥도 먹고서 기분 업

보고픈 대학 동기들도
장례식장에 함께 온다고 해서
힘을 내서 버스를 타고 출발했다

페친 민병재님, 이해연님의
우울증 염려와 도움 말씀
대단히 감사합니다!!

2017년 5월 27일 저녁에

강남성모병원 장례식장에 가려고
오산행 시골 버스를 타고서.

오늘을 충분히 겪으리라

어젯밤에
서울 장례식장에 와서
이렇게 한산한 아침에 있다

인생이란
홀로 왔다가 혼자 가는
알 수 없는 신비의 길

병선이는
제 갈 길로 잘 갈테지만
남아있는 나는 외롭다

살아있음을
함께 있는 것처럼 느끼며
좋은 형제애로 살았는데

실 끊어진 연처럼
툭 떨어져 나간 빈 자리가
고독한 적막으로 느껴진다

30여년 전 대학가요제에서
'연극이 끝나고 나면'이라는
가사의 노래가 떠오른다

모든 것이

일단락이 되면 사라지고
두 번 다시 볼 수 없게 된다

요즘에 나는
아름다운 우리 산들을 볼 때
다 두고서 갈 명풍경으로 본다

처음 보는 걸 알아차리고
두 번 다시 못 볼 것을 인식할 때
우리 강산이 얼마나 아름다운지

우리 병선이를
두 번 다시 못 보게 됐으니
용인 장지까지 따라 가 보련다

병선이 생각을
충분히 겪어 보고서
내려놓고 일상으로 돌아 가련다

다 내려놓고
깨끗이 비우기 위해서
오늘을 충분히 겪어 보리라

2017년 5월 28일 아침
서울 강남성심병원 장례식장에서.

미련일랑 두지말자

뒷강물이 밀어내면
앞강물은 밀려가서
빈자리를 내어준다

순리롭게 살아가자
자연스레 오고가자
미련일랑 두지말자

미련없이 떠나가면
바람이고 구름이고
미련두면 미련탱이

살았을때 음미하고
가야할때 물러가자
미련일랑 두지말자

2017년 5월 30일
병선이 장례 치루고
이틀째 되는 날 아침.

모두 아름답다

산은 싱그럽고
들은 시원하고
땅은 포근하고
바위 든든하다

물은 활력있고
바람 상쾌하고
하늘 후련하고
도시 풍요롭다

여자 아름답고
남자 용감하고
사람 사랑이고
인간 인간미다

17년 6월 4일
정오의 햇살에
행복한 유승열

쓸모있는 말만 하자

내 나이 환갑
나이에 걸맞게
쓸모있는 말만하자고
속으로 자주 되뇌인다

기분좋은 말
사람을 살리는 말
행복하고 평화롭게 하는 말
널리 이롭게 하는 말만 하고 싶다

최소한 만 말하고
밝고 긍정적으로 말하고
매너있고 친절하게 말하고
쓸모있는 말만 하자

2017년 6월 8일
둔포로 출장가는 길에, 은민.

인생길이 출장길이다

인생을 여행이라고도 하고
지구별 소풍이라고도 하는데

요즘, 자주 출장을 다니다 보니
인생이 출장이라는 느낌이 든다

내 본향에서 출장을 나왔다가
귀사하는 도중이 인생 같다

소풍은 경쾌해서 좋고
여행은 풍성해서 좋다면

출장 같은 인생길은
의미있는 사명감이 느껴져서 좋다

소아부답심자한처럼
그냥, 미소지으며 사는 것도 좋고

나름대로의 의미를 찾고 부여하며
열심히 사는 것도 좋다

오늘 출장길이 즐겁듯이
내 인생길도 즐겁고 행복하다

2017년 6월 8일 점심
아산 탕정 삼성전자 출장길에

뉴파워프라즈마(주) 배송팀
이우영 계장님과 은민 유승열.

배려의 힘과 축복

- 길글

일본의 평범했던 한 여류작가가
조그만 점포를 열었을 때,

장사가 너무 잘 돼
트럭으로 물건을 공급할 정도로
매출이 매일 쑥쑥 올랐다.

그에 반해
옆집 가게는 파리만 날렸다.

그때 그녀는 남편에게
솔직한 심정을 털어 놓았다.

"우리 가게가 잘 되고 보니
이웃 가게들이 문을 닫을 지경이에요.
이건 우리의 바라는 바가 아니구…
신의 뜻에도 어긋나는 것 같아요."

남편은 그런 아내가 더 사랑스러웠다.

이후로, 그녀는 가게규모를 축소하고
손님이 오면 이웃 가게로 보내주곤 했다.

그 결과 시간이 남게 되었고
평소 관심 있던 글을 본격적으로 쓰기 시작했는데,

그것이 바로 당시의 최고 베스트셀
〈빙점(氷點)〉이라는 소설이고
그녀가 '미우라 아야꼬(三浦綾子)'다.

그녀는 이 소설을 신문에 응모하여 당선되었고
가게에서 번 돈보다 몇 백 배의 부와 명예를 얻었으니,

그것은 그녀의 빛나는 '배려' 덕분이었다.

배려는 사소한 관심에서 출발한다.
역지사지의 자세로
상대방의 입장을 헤아리다 보면
배려의 싹이 탄생하는 것이다.

배려는 거창하지 않습니다.

나의 작은 배려가
세상을 행복하게 만들 수 있습니다.

길글. 손 봄.
2017. 6. 16 새벽 3시 반, 은민.

밥 한 그릇의 무한 감사

오늘 점심에
노인분들 모임에
아내가 봉사를 다녀 왔다

남은 밥과 된장찌개를
비닐 봉투에 담아 와서
덕분에 저녁식사를 잘 했다

보드라운 쌀밥과
구수한 된장찌개가
엄청 맛이 좋아서

죽어도 여한이 없다고
감사, 감사하는 심정으로
정말 맛있게 맛지게 먹으면서

경천애인하고
널리 인간을 이롭게 하는
홍익인간으로 살도록 기도했다

밥 한 그릇의 효험만큼
생명이 연장되는 것도 신기해서
하늘과 부모님께 감사를 느꼈다

밥 한 그릇 먹고

죽어도 여한이 없다는
무한 감사가 되었다

감사를 하고 마는 게 아니고
죽어도 여한이 없다는 무욕이 되고
저절로 깊은 감사가 되었다

밥 한 그릇의 무한 감사
숨쉬는 기적의 감사
살아있음의 감동이다

2017년 6월 17일 저녁에, 은민

싫어도 관용하고 인정하자

낮엔 파리가 달라 붙고
밤엔 모기가 달라 붙는다

낮엔 해가 뜨고
밤엔 달이 뜨고

낮엔 새가 날고
밤엔 박쥐가 날고

낮말은 새가 듣고
밤말은 쥐가 듣는다

지난 밤엔 모기가 물었는데
지금 낮엔 파리가 간지럽힌다

중풍과 디스크가 겹쳐서 아픈
오른 다리에게 휴식을 주고 있다

바람은 가을바람처럼 시원한데
파리가 얼굴에 앉아서 장난친다

낮엔 파리를 겪어야 하고
밤엔 모기를 겪는 게 인생이다

낮의 파리도 관용하고

밤의 모기도 인정하자

소망초 예쁜 꽃에는
벌나비도 오고 파리도 꼬인다

나는 낮의 중풍도 관용하고
밤의 디스크 통증도 인정한다

사노라니 있는 일을
싫어도 관용하고 인정하자

2017년 7월 26일 오후에
오산한국병원에 다녀 오는 길에
다리 밑에서 도시락을 먹고,

받고 싶은대로 먼저 주자

내 말만 하려고
남에게 다가가지 말고

경청하는 자세로
들어주려고 다가가자

관심받으려고
이기심으로 다가가지 말고

관심을 갖고
이타심으로 다가가자

사람은 누구나
상대방의 체온을 그리워한다

마음의 따스한 온기는
누구나 늘 그리워한다

역지사지로
입장 바꿔놓고 배려하자

내가 받고 싶은대로
남에게 먼저 주자

주다가 보면

받게 될 날도 온다

소통교류의 원리대로
선한 양심의 순리대로

내 욕심을 내려놓고
받고 싶은대로 먼저 주자

2017년 8월 6일 아침(일)
풀밭의 부전나비 한 쌍이
허니문 여행하는 걸 보며…

하나님, 감사합니다!

휴가 중
혼자서 점심을 먹으면서
독백처럼, 감사드렸다

풋고추를
고추장에 찍어 먹으면서
속으로 감사기도를 드렸다

"하나님
이 작은 고추 한 알에
온 우주가 담겨있고,"

"이 조그만 고추 하나에
하나님의 온 사랑이 담겨 있음을
깊이 느끼고 깨달아 압니다."

"하나님, 감사합니다!
마시는 물 한 방울에도
하늘의 은혜가 가득하고,"

"밥 한 톨, 고추 하나에도
농부의 땀이 배어있다는 걸
은혜로 감격하며 압니다."

"음식을 만드신 주부의 손길과

그릇과 수저와 밥상을 만드신
제조업자 분들의 노고를 느낍니다."

"하나님,
밥 먹을 자격이 없는 제게도
베푸신 식탁의 은총을 느낍니다."

"제가 받은 은혜와 은총을
이웃에게 나눌 수 있게 도와주세요.
하나님, 감사합니다!"

2017년 8월 9일 점심에.
*
지금, 먹고 있는 점심 밥상입니다.
파란 고추도 있고, 자줏빛 고추도
있네요.
푸른 고추는 맵게 향기로왔고,
자주 고추는 달게 향기롭더군요.

글을 쓰고, 책을 내자
- 은민

글을 쓰니 공허하지 않고
책을 내니 허무하지 않다

놀기만 하면 공허하고
먹기만 하면 허무하다

틈틈이 글을 쓰고
용기내 책을 내자

2017년 9월 28일 아침
일찍 출근한 틈새에, 은민.

글을 쓰고 책을 내는 길을
친절하게 안내해 드리겠습니다.

일단, 용기를 내어
아래 전화번호로 문자를 주시면
쉬운 글쓰기, 책내기 비법을
전수해 드리겠습니다.

010 - 4058 - 7935
010 - 2458 - 7935

2017년 11월 25일
아들 유지형, 며느리 문방울
결혼 축하연 날, 은민 유승열.